Michael Köhlmeier

Madalyn

Roman

Carl Hanser Verlag

1 2 3 4 5   14 13 12 11 10

ISBN 978-3-446-23597-7
© Carl Hanser Verlag München 2010
Satz: Greiner & Reichel, Köln
Druck und Bindung: CPI – Ebner & Spiegel, Ulm
Printed in Germany

1

Im Frühling 09 war Madalyn noch nicht vierzehn Jahre alt. Ich kannte sie seit ihrer Geburt. Als ihre Eltern in unser Haus in der Heumühlgasse zogen, war Frau Reis mit ihr schwanger. Herr Reis arbeitete in einem Unternehmen, das Maschinen zur Herstellung von Computerchips konstruierte und – allerdings nicht in Wien – auch baute; er war Techniker oder Manager oder beides. Sowohl die Firma als auch er hätten einiges in petto, hieß es. Ich erfuhr davon über das Gerede im Haus, an dem ich mich gern beteiligte, vor allem, wenn es sich um die Kombination von Geld und Zukunft drehte. Es war die Zeit, als fast jeder Aktien kaufte, ich für eine Million Schilling aus einem brasilianischen Telekommunikationsfond, die fünf Jahre später nur noch knapp ein Zehntel wert waren. Herr Reis und seine Frau investierten klüger, sie kauften die Wohnung ein Stockwerk unter mir; woraus ich außerdem schloss, dass sie vorhatten, hier zu bleiben. Von meinem Arbeitszimmer aus konnte ich auf ihren Balkon schauen. Dort standen eine Bank aus silbrig grauem Holz und ein Tischchen, dessen Platte den Venuskopf von Botticelli, zusammengefügt aus Mosaiksteinchen, zeigte. Ich hatte nie jemanden dort sitzen sehen. Einmal war ich mit der Hochschwangeren allein im Lift gefahren und hatte gesagt, weil mir nichts anderes einfiel und weil es auch stimmte, dass wir uns auf das Kind freuten, wir alle im Haus, und hatte hinzugefügt, dass sie hier reichlich Auswahl an Babysittern fände. Sie war nicht sehr gesprächig, und ich bin mir hinterher töricht und aufdringlich vorgekommen. Das Ehepaar Reis – sagte mir Frau Malic, die Koordinatorin allen Geredes im Haus – gehöre irgendeiner christlichen

Abspaltung an. Darüber wollte ich nichts wissen; ich wehrte mich gegen meine eigene Neugierde und war durchaus erfolgreich. Aber mit ihrer Tochter, mit Madalyn, verband mich durch deren Kindheit hindurch eine besondere Freundschaft, und dafür gab es einen Grund.

Zu ihrem fünften Geburtstag bekam Madalyn ein Fahrrad geschenkt. Es war Herbst. Sie brachte sich das Fahren ganz allein bei, schob das Rad jeden Nachmittag nach dem Kindergarten über den Naschmarkt in den kleinen Park an der Linken Wienzeile und rollte dort über den flachen künstlichen Hügel hinunter. Und zufällig war ich der erste, dem sie ihre fertige Kunst vorführte. Manchmal setzte ich mich auf eine Bank unter den Ahornbäumen zwischen Schaukeln und Rutschen – eigentlich nur im Herbst und im Winter tat ich das, wenn keine Kinder anwesend waren, dann wurde der kleine Park auch von den Erwachsenen vergessen, und es war still wie im Wald und das mitten in der Stadt. So saß ich und las, als Madalyn mit ihrem Rad daherkam. Im Gegensatz zu ihren Eltern redete sie gern, sehr gern sogar, schüchtern war sie nicht. Sie hatte mir bereits im Stiegenhaus ausführlich von ihrem ersten Tag im Kindergarten erzählt und mir bei jedem weiteren Treffen Zwischenberichte geliefert, hatte mir die Papierflieger gezeigt, die sie in der Kreativgruppe gefaltet hatten, und wir haben sie durch das Stiegenhausfenster in den Innenhof geschickt. Sie spielte gern im Stiegenhaus, und sie spielte immer allein. Sie redete laut mit sich selbst, offenbar gefiel ihr die Akustik. Es war Evelyn und mir oft eine Freude gewesen, sie dabei zu belauschen. Wir mochten ihre heisere Stimme, die gut zu ihren wilden, krausen, kaum frisierbaren Haaren und zu ihrem Gesichtchen passte, das ein wenig derb war. Evelyn erinnerte sie an sich selbst – nicht nur wegen des Gleichklangs der letzten Silbe ihrer Namen, wie sie sagte –, sie habe als Kind ebenfalls die meiste Zeit allein gespielt und dabei laut gesprochen, ganze Nachmittage hindurch, und wie Madalyn im Dialog mit einer fiktiven Freundin.

Madalyn sagte, sie wolle mir zeigen, was sie könne, setzte sich aufs Rad und fuhr los und kreischte dabei, trat in die Pedale und fuhr Kurven über den Rasen. Mit dem Absteigen hatte sie allerdings Probleme. Sie lenkte zu mir hin und rief, ich solle sie aufhalten. Sie war stolz, weil sie bisher nur ohne zu treten gefahren war. Ich sagte, das bedeute, von heute an könne sie tatsächlich Fahrrad fahren, denn ohne zu treten sei nicht wirklich Fahren, erst bei Treten könne man von Fahren sprechen. Und in der folgenden Stunde – ich war Zeuge – lernte sie auch, zu bremsen und abzusteigen.

»Kann ich jetzt wirklich Radfahren?« fragte sie.

»So gut wie jeder andere auch«, sagte ich.

Ich hätte es nicht so kräftig betonen sollen. Ein paar Tage später raste sie, ohne auf die Straße zu achten, aus der Einfahrt unseres Hauses und direkt vor ein Auto. Sie wurde in die Luft geschleudert und landete fünf Meter weiter auf der Fahrbahn. Was ein Glück war. Sie hätte ebensogut unter die Räder kommen können – wie ihr Fahrrad. Und zufällig war ich wieder Zeuge gewesen. Ich kam die Straße vom Naschmarkt herauf und habe alles gesehen. Ich bin gleich zu ihr hingelaufen. Die Fahrerin blieb einfach in ihrem Wagen sitzen, die Hände am Lenkrad, und drückte die Augen zu. Madalyn hatte das Bewusstsein verloren, sie blutete an der Innenseite ihres Unterarms. Ich hatte mein Mobiltelefon nicht bei mir und rief laut um Hilfe. Aus einem der Fenster schaute ein Mann, ich rief, er solle die Rettung holen. »Hundertvierundvierzig wählen! Hundertvierundvierzig wählen!«

Madalyns Arm blutete so stark, dass sich eine Lache auf dem Asphalt bildete. Ein Stück Haut war an der Innenseite aufgerissen. Ich zog mir einen Schuh aus und band ihr mit meinem Strumpf den Arm ab. Sie öffnete die Augen, und als sie mich sah, verzog sie den Mund und begann zu schluchzen. Ich sagte, es sei alles gut, ich sei bei ihr, die Mama werde gleich kommen und in ein paar Tagen werde sie darüber lachen.

»Das verspreche ich dir, Madalyn. Ich sag es, weil ich es weiß.«

Ich traute mich nicht, ihren Oberkörper hochzuheben, um sie in den Arm zu nehmen.

Inzwischen standen Leute um uns herum, auch eine Frau aus unserem Haus. Ich sagte, sie solle bei Familie Reis klingeln und Madalyns Mutter verständigen. Ihr Vater war bei der Arbeit, der war sicher nicht zu Hause. – Die Mutter auch nicht.

Die Rettung kam, Madalyn wurde auf eine Bahre gelegt. Sie hielt meine Hand fest und bat mich mit kleiner Stimme, nicht wegzugehen. Der Arzt meinte, es sei in Ordnung, ich könne mit ihnen mitfahren. Während der Fahrt ins Allgemeine Krankenhaus ließ sie meine Hand nicht los. Ich streichelte ihr über die Stirn, und der Arzt versorgte ihre Wunden. Auch am Kopf hatte sie eine Wunde, die hatte ich nicht bemerkt. Ich sprach mit ihr, bemühte mich um einen ruhigen gewöhnlichen Ton. Was mir schwerfiel. Sie versuchte zu lächeln, zog aber gleich wieder die Mundwinkel nach unten und begann zu schluchzen, und ich musste an mich halten, damit ich nicht einstimmte.

Außer der Verletzung am Unterarm, die sich niemand recht erklären konnte, und einer leichten Gehirnerschütterung hatte Madalyn keinen Schaden davongetragen. Man behielt sie im AKH, bis ihre Mutter komme, um sie abzuholen. Das dauerte bis zum Abend! Sie war nicht erreichbar gewesen. Ebenso Madalyns Vater. In der Firma sagte man, er habe einen wichtigen Auswärtstermin, sein Handy habe er nicht eingeschaltet, das sei Firmenphilosophie. Der Arzt wollte die Eltern zur Rede stellen, er überlege sogar, ob er nicht Anzeige wegen Vernachlässigung erstatten solle, sagte er – ein Kind von fünf Jahren von Mittag bis Abend allein zu lassen! Als Frau Reis kam, zog er sich zurück und überließ alles mir.

Sie hatte eine einschüchternde Art, fixierte einen mit den Augen und bewegte sich dabei kein bisschen; als wäre sie eingefroren. Ich erklärte ihr, was geschehen war, enthielt mich aber der Kritik. Nahm mir allerdings vor, in den nächsten Tagen einen Stock tiefer zu gehen und meine Meinung zu deponieren. Große Sorgen schien sich diese Frau nicht zu machen. Und bei mir bedankt hat sie sich auch nicht. Ich trug Madalyn hinaus ins Auto. Frau Reis bot mir nicht einmal an, mich mitzunehmen. Ich fuhr mit dem Bus und der

U-Bahn vom AKH nach Hause. Jeder hat seinen eigenen Stil, schockiert zu sein, dachte ich, bei Frau Reis geht es halt so.

Ein paar Tage später klingelte es an meiner Tür. Madalyn stand draußen, Arm und Kopf im Verband. In der Hand hielt sie eine Kinderzeichnung, die sie für mich angefertigt hatte. Darauf war in mehreren Sequenzen ihr Unfall dargestellt.

»Ich möchte danke sagen und hab das da gemalt. Für Sie.«

»Das freut mich sehr«, sagte ich. »Ich werde das Bild in einen Rahmen geben und es mir an die Wand hängen.«

»Wirklich!« fragte sie. »Wie ein Kunstbild?«

»Ich finde, es ist ein Kunstbild«, sagte ich. »Und außerdem erzählt es eine Geschichte. Die meisten Kunstbilder erzählen keine Geschichte, dieses schon.«

Das Bild stellte unser gemeinsames Abenteuer dar. Auf jeder Sequenz war auch ich zu sehen: Ich, wie ich auf der Straße gehe und sehe, wie Madalyn durch die Luft fliegt; ich, wie ich neben ihr am Boden hocke, zwischen uns ein See von Blut; ich, wie ich im Rettungsauto mit dem roten Kreuz sitze und Madalyns Hand halte. Ich habe das Bild zum Kunstgeschäft Wolfrum bei der Albertina gebracht und einen schwarzen Lackrahmen mit goldenem Streifen ausgesucht. Nachdem ich es in der Bibliothek an den einzigen freien Platz gehängt hatte, ging ich nach unten. Madalyn war wieder allein. Ich sagte, ich würde gern ihren Vater und ihre Mutter und natürlich auch sie zu einem Tee oder Kaffee oder Kakao einladen und das gerahmte Bild zeigen. Sie wollte nicht auf ihre Eltern warten, sie wollte es gleich sehen.

Evelyn war hingerissen von dem Bild (damals steckten wir mitten in der Diskussion der Frage, ob wir zusammenziehen sollten), am meisten aber faszinierte sie die Tatsache, dass Madalyn *Sie* zu mir sagte.

»Das ist mehr als ungewöhnlich«, schwärmte sie. »Ihre Eltern legen offensichtlich Wert auf Manieren.«

»Ganz offensichtlich«, sagte ich.

Madalyn und ich unterhielten uns von nun an noch ausführlicher, wenn wir einander auf der Stiege oder auf der Straße vor dem Haus begegneten oder im Hof, wenn wir den Müll entsorgten. Sie erzählte mir von ihrem ersten Schultag, präsentierte ihr erstes Zeugnis, zeigte mir, was sie zu Weihnachten bekommen hatte; schilderte mir einen Schulausflug in den Lainzer Tiergarten, wo sie Wildschweine mit Jungen gesehen hätten; und jubilierte im Sommer, weil sie schwimmen gelernt habe und wie wunderbar es sei.

Auf dem Fensterbrett im Stiegenhaus habe ich ihr einmal bei der Mathehausaufgabe geholfen; und als sie mir einen Witz erzählte, habe ich ohne zu spielen laut gelacht. Einmal hat sie mich gefragt, ob sie meine Schuhe putzen dürfe. Ich sagte, tun wir es gemeinsam, du putzt deine, ich putz meine. Und so waren wir auf der Stiege gesessen und hatten gebürstet und poliert und geplaudert.

Wenn ich sie eine Woche lang nicht gesehen oder gehört hatte, wurde ich unruhig. Nicht nur einmal stand ich vor der Tür der Familie Reis, den Finger bereits auf dem Klingelknopf, weil ich mich nach ihr erkundigen wollte. Draufgedrückt habe ich freilich nicht. Seit Madalyns Unfall hatte ich den Eindruck, ihre Mutter sei nicht mehr nur wortkarg, sondern sie gehe mir aus dem Weg. Was ich irgendwie nachvollziehen konnte. Aber ich bildete mir zudem ein, einen Vorwurf in ihren Augen zu sehen. Erklärbar ist wahrscheinlich auch dieses Verhalten; geärgert habe ich mich trotzdem.

Aber Madalyn mochte mich gern, und es machte mir Freude, dies in ihrem Gesicht zu lesen.

Einmal sagte sie zu mir: »Sie haben mir das Leben gerettet.« Da wollte ich ihr nicht widersprechen.

»Etwas Schöneres habe ich in meinem Leben nicht getan«, antwortete ich.

2

Im Frühling 09 – Ende März – stand sie vor meiner Tür und war sehr verlegen. Ich hatte sie schon seit längerer Zeit nicht mehr gesehen. Ich war erst vor ein paar Tagen aus Amerika zurückgekehrt, wohin ich aus einem einzigen Grund gefahren war, nämlich, um nach den deprimierenden acht Jahren von George W. Bush wieder hoffnungsfroh amerikanische Luft zu atmen. Immerhin hatte ich in den Achtzigern fast zwei Jahre dort gelebt und das mit der Erwartung, für immer zu bleiben. Ich hatte meine Freunde Antonia und Lenny Redekopp in North Dakota besucht, die inzwischen ein sehr altes Paar waren, aber rüstig genug, um für den Demokraten Barack Obama zu werben.

Madalyn hielt mit beiden Händen eine Ringmappe vor ihrer Brust. »Ich störe wahrscheinlich«, sagte sie.

»Du störst mich nie«, sagte ich.

»Aber wenn es Ihnen lieber ist, dass ich ein anderes Mal komme? Ich hätte vorher anrufen sollen, aber ich weiß die Nummer nicht, und Sie stehen nicht im Telefonbuch.«

»Komm rein«, sagte ich und trat beiseite. Nach ihren Eltern fragte ich nicht, das hätte sie womöglich missverstanden; als ob sie bei jedem Schritt erst um Erlaubnis fragen müsste – was ihre Eltern auch tatsächlich von ihr erwarteten.

Noch während sie ihre Schuhe auszog, fing sie an: »Wir sprechen in der Schule viel über Literatur zur Zeit, besonders über österreichische Literatur, und da habe ich gesagt, dass ich den Schriftsteller Sebastian Lukasser kenne, und da war unsere Professorin wahnsinnig aufgeregt, weil Sie so berühmt sind, und ich habe das wirklich nicht gewusst, und Frau Prof. Petri hat gesagt, ich soll Sie bitte fragen, ob Sie mir vielleicht ein Interview geben, und wenn Sie das tun und wenn es gut wird, bekomme ich eine gute Note.«

Madalyn ging in die vierte Klasse des Gymnasiums in der Rahlgasse. Es war die am nächsten bei uns liegende Schule – von der Heumühlgasse über den Naschmarkt, am Café Sperl vorbei (nicht selten winkten wir uns durch das Fenster zu, wenn sie am Morgen mit dem Fahrrad zur Schule fuhr und ich beim Frühstück saß) – eine bemerkenswerte Schule übrigens, es gab dort reine Mädchenklassen, zum Beispiel die 4 a, die Madalyn besuchte. Die Direktorin sei eine »gute Feministin«, hatte mir Madalyn bei anderer Gelegenheit erzählt. Madalyn war eine gute Schülerin.

Das Interview war kein Vorwand, das sicher nicht. Wir brachten es auch tadellos hinter uns. Ich fühlte mich geschmeichelt und sagte es ihr auch; befürchtete zugleich, unsere bisherige Unbefangenheit könnte unter meinem »Ruhm« leiden; so weit her sei es damit nicht, sagte ich. Ich borgte ihr mein altes Diktiergerät, erklärte ihr den Mechanismus und versprach, in kurzen Sätzen zu sprechen, damit sie nicht soviel Arbeit beim Abschreiben habe. Sie hatte sich eine Reihe von Fragen notiert und las sie vor. Erstens, warum ich Schriftsteller geworden sei. Zweitens, wie mein Tagesablauf aussehe. Drittens, was mein Lieblingsbuch von mir sei. Ich beantwortete ihre Fragen und berichtete darüber hinaus – auch, weil ich ein bisschen vor ihr angeben wollte –, dass ich nach meinem letzten Buch, das sehr umfangreich gewesen und tatsächlich mein Lieblingsbuch sei, endlich wieder an einem Roman arbeite, an der Geschichte eines Mannes, der im Alter von – »ja, ungefähr in deinem Alter, Madalyn, ein bisschen älter nur« – einen Mord begangen habe und wie sein weiteres Leben verlaufen sei. Viertens – ihre Professorin habe sie gebeten diese Frage, an mich zu richten –, was für mich die größte Schwierigkeit beim Schreiben sei.

»*Wer* die Geschichte erzählt«, antwortete ich, ohne zu zögern. »Der Mörder selbst oder ein allwissender Erzähler, oder ob ich, Sebastian Lukasser, sie erzählen soll.«

»Ist es eine wahre Geschichte?« Diese Frage stand nicht in ihrem Heft. »Kennen Sie den Mörder persönlich?«

»Ja«, sagte ich, »ich kenne ihn.«

Darüber staunte sie nicht im geringsten. »Ist es nicht am allerbesten, *Sie* erzählen die Geschichte. Das tun Sie sowieso. Warum sollten Sie so tun, als ob jemand anderer die Geschichte erzählt?«

Das leuchtete mir ein.

Ein Vorwand war ihr das Interview nicht, nein. Aber ich merkte bald, dass es wohl auch eine Gelegenheit für sie war oder wenigstens hätte sein können, etwas anderes loszuwerden. Und als ich am Ende doch in lange Sätze verfiel, sah ich ihr an, dass ihre Gedanken abschweiften, und ihr pflichtbewusstes Nicken, mit dem sie meine Ausführungen begleitete, verriet weniger Interesse als Ungeduld.

Aber sie brachte es nicht über sich, von dem anderen, das sie bedrückte, zu sprechen. Jedenfalls nicht an diesem Tag.

Sie kam wieder.

Am nächsten Tag gleich nach der Schule – sie sei gar nicht zu Hause gewesen – stand sie mit ihrem Rucksack vor meiner Tür, und diesmal fragte sie nicht, ob sie störe, sondern trat an mir vorbei in den Flur und klinkte die Tür hinter sich ins Schloss.

Einige Fragen und Antworten hatte sie bereits in ihr Heft abgeschrieben und wollte sie mir zeigen.

»Ich habe bis spät in die Nacht hinein das Tonband abgehört«, sagte sie, und weil ihr diese Floskel so gut gefiel, gleich noch einmal: »Bis spät in die Nacht hinein habe ich gearbeitet.«

Ihre Handschrift war sehr kindlich. Sie hatte mit Tinte geschrieben. Das rührte mich. Sie hatte klug aus meinen Antworten ausgewählt. Ich sagte, ich hätte wirklich keine Idee, was sie verbessern könnte.

»Dann ist das Interview schon fertig?« fragte sie.

»Es sieht so aus«, sagte ich.

Wir saßen wieder in der Bibliothek, sie in dem grünen Lederfauteuil, ich auf dem Sofa. Ich hatte uns Kaffee gebrüht, den sie – wie schon bei ihrem letzten Besuch – kalt werden ließ. Sie wundere sich jedes Mal, wie etwas, das so gut rieche, so gar nicht besonders schmecke, sagte sie, aber ob ich ihr dennoch wieder einen bringen könne. Sie hatte die Haare geschnitten, das fiel mir erst jetzt auf, gestern waren sie unter einem grünen Tuch versteckt gewesen, dessen lange Enden ihr über die Schultern gehangen hatten. Die neue Frisur ließ sie ein wenig brav aussehen, musterschülerhaft, die wilden Locken waren gebändigt, ins Unscheinbare zurückgestutzt; andererseits kam nun die schöne Form ihres Kopfes zur Geltung. Ihr Mund war sehr ernst. Nicht konzentriert ernst wie gestern, als sie sich Notizen gemacht hatte – was nicht notwendig gewesen wäre, sie hatte ja das Diktiergerät, aber es hatte ihr wohl gefallen, ein wenig Kino zu spielen, sie die Reporterin, ich der Schriftsteller in Kordhosen und Flanellhemd, wie es sich gehörte. Dieser neue Zug in ihrem Gesicht drückte Leid aus, ich konnte es nicht anders deuten, und das gab mir einen Stich ins Herz. Es war mehr als Bedrücktheit oder Sorge; etwas tat ihr sehr weh, und sie war gekommen, um mit mir darüber zu sprechen. Ich spürte wieder die alte Empörung in mir. Was ging dort unten vor, in dieser Wohnung, aus der nie ein Laut drang? Seit Madalyns Unfall, also seit fast neun Jahren, hatte ich mit Frau Reis nichts Wesentliches gesprochen. Mit Herrn Reis hatte ich überhaupt nur einmal gesprochen, am Neujahrstag. Er stand vor der Tür, um mir alles Gute zu wünschen, was mich mehr als verwunderte, hereinkommen wollte er nicht. Er sagte, das Jahr 2009 werde ein apokalyptisches werden, und zwar nicht nur in wirtschaftlicher, sondern in jeder Hinsicht, Wetter, Moral, Politik. Ein sehr gut aussehender Mann, groß, keine Spur von einem Bauch, eine schlaksige, dandyhafte Erscheinung, das Lockenhaar hatte Madalyn von ihm. Während er sprach, ging er im Flur auf und ab, wenige Schritte hin, wenige Schritte her, als müsste er dringend aufs Klo. Für einen so schlanken Mann hatte er einen erstaunlich schweren Schritt. Ich meinte, in seinen leicht nach oben gekrümmten Mundwinkeln eine Schadenfreude zu erkennen. Wie kann, dachte ich, ein Mann, dem alles Irdische offensteht, sich einer lebensunfreundlichen religiösen Bewegung anschließen – vorausgesetzt, die Vermutungen von Frau Malic trafen zu –, die aus ihm einen verklemmten, grüblerischen Misanthropen machte ... Ich traf ihn bereits am nächsten Tag wieder. Er öffnete mir die Haustür, hielt sie offen, bis ich auf die Straße getreten war, und ging mit einem kameradschaftlichen Lächeln davon – ohne Gruß allerdings –, beschwingt und gar nicht schweren Schrittes. Dass es weder er noch seine Frau nach Madalyns Unfall für notwendig erachtet hatten, mit mir zu sprechen, fand ich auch nach neun Jahren empörend. Evelyn hatte damals gemeint, es liege an mir, ich sei es, der die Leute einschüchtere, der ihnen ein so schlechtes Gewissen einjage, dass sie lieber unhöflich seien, als Gefahr zu laufen, von mir als verantwortungslos beschimpft zu werden. Mein Freund Robert Lenobel hingegen, immerhin Psychiater und Psychoanalytiker, hatte für mich Partei ergriffen: Ich solle, hatte er gesagt, sofort für mein neu erworbenes Sorgenkind ansparen, damit sie bei ihrem vierzehnten Lebensjahr mit einer Therapie beginnen könne; ihre Eltern hätten, wie ich sie ihm beschriebe, dafür vermutlich kein Geld übrig. – Nun, in einem halben Jahr würde Madalyn vierzehn sein.

Sie trug eine hübsche blauweiße Sportjacke, die vermutlich hip war und sie älter aussehen ließ. Sie beugte sich vor, klemmte die gefalteten Hände zwischen ihre Knie und blickte vor sich nieder. Sie hatte die Ärmel ihres Pullis nach oben geschoben. Ich sah die Narbe auf ihrem rechten Unterarm, eine weiße Triangel. Einen Augenblick überlegte ich, sie darauf anzusprechen, vielleicht würde es sie von ihrem Kummer ablenken, wenn wir uns die alte Geschichte erzählten, die wir uns schon oft, aber schon lange nicht mehr erzählt hatten.

Ich hatte allerdings den Eindruck, sie wollte nicht abgelenkt werden, im Gegenteil. Sie atmete schwer, und manchmal hielt sie die Luft an, blickte schnell in meine Richtung, aber entweder wusste sie nicht, wie sie beginnen sollte, oder sie zweifelte, ob ich der Richtige sei, ihr zuzuhören. Nur bitte nicht etwas beichten, dachte ich, damit will ich nichts zu tun haben; weil ich inzwischen (nach der realen Begegnung mit der realen Hauptfigur meines in Arbeit befindlichen Romans) mit fast gar nichts etwas zu tun haben wollte, was sich außerhalb meines Kopfes abspielte. Es ist eine schlechte Eigenschaft, hinter Worten, Mienen, Gesten und verschiedenen Körperhaltungen zunächst eine Absicht zu vermuten, die den Worten, Mienen, Gesten nicht entspricht, sondern diese nur als Mittel verwendet, um jemanden rumzukriegen; aber über diese schlechte Eigenschaft verfüge ich eben, leider. Ich wollte mich in nichts einmischen. Wenn sie mir etwas mitteilen wollte, sollte sie es tun. Danach fragen würde ich nicht.

Sie sagte – und sprach dabei so leise, dass ich mich zu ihr hinneigen musste, um sie zu verstehen: »Ich kann meine Eltern nicht leiden. Ich kann sie nicht leiden. Wenn ich fünfzehn bin, hau ich ab. Das steht fest. Dann bin ich weg. Die Mama kann ich noch weniger leiden als den Papa. Ich kann sie beide nicht leiden. Er ist ein Versager, ein Loser. Traut sich nichts zu sagen. Zu mir sagt er so, und zu ihr sagt er so. Ich könnt mich anspeiben.«

»Das interessiert mich bitte nicht, Madalyn«, sagte ich.

Sie blickte mich erstaunt an. »Wirklich nicht? Wieso nicht? Ich dachte, Sie können meine Mutter auch nicht leiden.«

»Wie kommst du darauf? Wie kannst du so etwas sagen!«

Sie drehte den Kopf beiseite, holte einmal tief Luft, zischte eine Entschuldigung und eilte hinaus in den Flur.

Ich, nun tatsächlich verwirrt, nicht zuletzt wegen meiner glatten Scheinheiligkeit, lief hinter ihr her. »Hast du schon etwas gegessen, Madalyn? Oder ist deine Mutter wieder nicht zu Hause? Ich kann uns etwas aufwärmen, es ist ein Risotto von vorgestern im Kühlschrank.«

Sie verdrehte die Augen, stieg in ihre Schuhe, schnürte sie erst gar nicht zu, warf sich den Rucksack über die Schulter und war zur Tür draußen.

Dabei hatte ich ihr einen deutlichen Hinweis gegeben, dass ich auf ihrer Seite stand – *Oder ist deine Mutter wieder nicht zu Hause?* –, das war doch eine unüberhörbare Anspielung auf ihren Unfall gewesen. Über ihr Bild, das in meiner Bibliothek hing, hatte weder sie noch ich ein Wort verloren.

3

Aber am nächsten Tag kam sie wieder, und wieder um die Mittagszeit. Das Risotto hatte ich inzwischen ins Klo versenkt. Es war von einem Abend mit Robert und Hanna Lenobel und einer gemeinsamen Bekannten übriggeblieben. Wie immer hatte ich zuviel gekocht. Diesmal fragte ich Madalyn gleich, ob sie Hunger habe. Hatte sie. Ich lud sie in dieses neue Lokal am Naschmarkt ein, das, wie geworben wurde, die Frau von Samy Molcho führte und das wie sie hieß – *Neni*.

In meinem Kopf war Madalyn immer noch das sanfte, ein wenig melancholische, ein wenig ängstliche, zufrieden mit sich selbst spielende, allein gelassene Mädchen, das während der Fahrt im Rettungsauto meine Hand nicht losgelassen hatte. Als sie mir nun gegenübersaß und den Rhythmus der Musik mit den Knöcheln auf den Tisch dippte, dachte ich, ich kenne sie in Wahrheit nicht, sie ist erwachsen, natürlich kenne ich sie nicht, woher auch; und dachte, nein, sie ist nicht erwachsen. Und dachte: Ich hatte über all die Jahre kein richtiges Bild von ihr. Ich hatte ein Bild von ihr, aber das hatte ich aus der Luft gegriffen, aus der Sentimentalität meines unbedankten Heldentums, ein präliterates Ding war sie für mich gewesen, eine Inspiration. Tatsächlich hatte ich irgendwann eine Erzählung begonnen, in der ein Abenteuer wie das unsere im Mittelpunkt stehen sollte. Das hier aber strengte mich an, ich wollte Charaktere in den Computer hacken und nicht in der Wirklichkeit ein Bild korrigieren, das ich mir einmal gemacht hatte und das mehr über meine Rührseligkeit mir selbst gegenüber verriet als über Madalyn. Vielleicht würde sie nach diesem Tag meiner

Einbildungskraft entgleiten, und ich war mir nicht sicher, ob ich ihr außerhalb derselben meine volle Aufmerksamkeit schenken konnte – und wollte.

Bis das Essen kam, saßen wir da und sagten nichts. Die Holzbänke waren wie alte Schulbänke geformt, der Innenarchitekt musste in meinem Alter sein, dachte ich, ein Nostalgiker wie ich. Neni kam an unseren Tisch und gab zuerst Madalyn die Hand, dann mir. Ich nannte Madalyns Namen, sagte aber nicht, wie sie zu mir stand. Neni fragte, ob sie uns auf eine Mango-Lassi einladen dürfe. Madalyn nickte, blieb ernst, lächelte nicht. Ein Herz sei dem anderen ein Spiegel – blanker Unsinn.

»Haben Sie keine Kinder?« fragte sie, als wir wieder allein waren – eine merkwürdige Frage.

»Einen Sohn«, sagte ich. »Er heißt David, ist neunundzwanzig und lebt in Frankfurt und arbeitet als Programmierer in einer kleinen, aber sehr erfolgreichen Computerfirma, an der er auch irgendwie beteiligt ist, frag mich nicht wie. Sie entwickeln dort Software für Sprachbehinderte, wenn ich das richtig verstanden habe. Er macht also etwas Ähnliches wie dein Vater. In Amerika lässt sich damit gutes Geld verdienen und in Zukunft bei uns wahrscheinlich auch, es ist ein krisensicherer Bereich. Wir telefonieren manchmal miteinander. Aber er hat mich erst einmal in Wien besucht ...«

Das interessierte sie alles nicht. Ich redete drauflos, weil ich fürchtete, es könnte sich im Schweigen sehr schnell wieder eine fremde Stimmung ausbreiten, aus der wir irgendwann nicht mehr so ohne weiteres herausfänden, und das hätte ich mir angekreidet. Sie spürt meinen Widerwillen, dachte ich, ich bin ein eigenbrötlerischer Egoist. Das wollte ich nie werden. Merkwürdig war ihre Frage deshalb, weil ich ihr – ich erinnerte mich sehr gut daran – von David erzählt hatte, und das nicht nur einmal. Damals war ich für sie wohl mehr eine Instanz gewesen als ein Mensch mit dem üblichen Wagen voller Möglichkeiten, vielleicht war ich für sie ja auch eine Inspiration gewesen wie sie für mich. Ein Herz ist dem anderen eben doch ein Spiegel.

»Warum kommt Ihre Frau nicht mehr?« unterbrach sie meine Gedanken.
»Wen meinst du?«
»Die oft bei Ihnen war. Ich weiß schon, dass Sie nicht mit ihr verheiratet sind, aber wie soll ich denn dazu sagen? Einmal haben Sie sie mir vorgestellt. Erinnern Sie sich nicht mehr? Warum erinnern Sie sich nicht mehr? Wir haben miteinander geredet. Sie war nett. Und schön. Sie hat mich auch nett gefunden. Ihre Haare haben so geglänzt. Wie lackiert. Was hat sie mit den Haaren gemacht? Und so schwarz. Hundertprozentig gefärbt.«
Ich antwortete der Reihe nach, wie in unserem Interview: Dass Evelyn und ich uns getrennt hätten. Dass ich keine Ahnung habe, warum ihre Haare so geglänzt hatten. Dass ich aber – ebenfalls hundertprozentig – wisse, dass sie ihre Haare färbe.
»Und jetzt ist nichts mehr?«
»Nein.«
»Und man sieht sich auch nicht mehr?«
»Manchmal. Ich lade sie zum Essen ein, und sie sagt, sie möchte lieber nicht, und ich frage, warum möchtest du lieber nicht, und sie sagt, weil ich keinen Hunger habe.«
»Warum leben Sie allein?« fragte sie weiter.
»Ich weiß es nicht«, sagte ich wahrheitsgetreu. »Es hat sich so ergeben.«
»Mögen Sie Ihren Namen?«
»Meinen Vornamen oder meinen Nachnamen?«
»Beide.«
»Ich habe mich daran gewöhnt.«
»Ich mag meinen Vornamen, aber den Nachnamen hasse ich. Wenn ich achtzehn bin, gebe ich mir einen anderen Namen. Das kann man, das weiß ich.«
»Es ist ein guter Name. Reis. Einsilbige Namen sind gut. Kann man sich gut merken.«
»Ich heiße wie eine Speise. Ist das gut?«
»Ein Reis ist ein Zweig.«

»Das höre ich zum ersten Mal.«
»Reisig. Das kennst du doch. Daher kommt Reis. Oder umgekehrt, Reisig kommt von Reis.«
»Reisig ist das, was man wegschmeißt, wenn man im Garten arbeitet, hab ich recht?«
Darauf antwortete ich nicht. Und wenn sie Gold oder Edelstein geheißen hätte, ihr wäre im Augenblick garantiert das Richtige dazu eingefallen.

Sie mischte und schichtete ihr Wokgemüse um, probierte und salzte nach, bestellte eine große Flasche Mineralwasser und eine Cola light und aß in heftigen Schüben. Sie war ausgehungert, aber mitten im Schlingen fiel ihr ein, dass sie eigentlich nichts oder zumindest weniger essen wollte. So sei es bei Klara gewesen, hatte Hanna erzählt. Klara war zwanzig und hatte eine fünfjährige Karriere als Bulimikerin hinter sich – hoffentlich hinter sich.

Und nun meldete sich endlich doch der Samariter in mir, der bereits in meiner Kindheit neben der entzündlichsten Stelle meines Herzens Quartier bezogen und mir ein Leben lang eingeredet hatte, ohne meine Hilfe würden die Welt und die lieben Menschen darin vor die Hunde gehen.

»Was ist los, Madalyn? Was bedrückt dich? Sag es mir! Was bedrückt dich?«

Es kann doch nicht sein, dass sie niemanden hat, den sie in ihr Herz schauen lässt, niemanden außer mir! Und warum ich? Weil ich ihr Leben gerettet habe, das ich ja gar nicht gerettet hatte? Ich erinnerte mich – sie wird sieben oder acht gewesen sein –, als wir uns eines Nachmittags zufällig vor unserem Haus getroffen hatten, sie, ihren Schulrucksack auf dem Rücken, ich, mit zwei Plastiksäcken voll Gemüse, Obst, Brot und Sachen fürs Wochenende in den Händen, und wie wir gemeinsam die frisch gestrichene Fassade betrachteten. Wochenlang war das Haus mit Tüchern verhängt gewesen; über die Farbe war unter den Mietern und Wohnungsbesitzern abgestimmt worden, Weiß war herausgekommen (ich hatte übrigens vergessen, rechtzeitig meine Stimme abzugeben).

Am Morgen hatten wir beide das Haus verlassen, da war nichts zu sehen gewesen, und nun strahlte es wie ein falscher Zahn in der Gasse. Ich fragte sie, ob es ihr gefalle. Sie sagte: »Gar nicht mehr.« »Warte ein Jahr«, sagte ich, »dann ist es wieder schmutzig und schön.« Warum war ihr so leicht anzumerken, wenn ihr das Herz schwer wurde? Ihr Wuschelkopf rahmte ihr Gesicht ein. Sie gab mir einen raschen Blick, die Brauen über der Nase kräuselten sich und ebenso ihre Unterlippe. Und warum überhaupt war ihr Herz schwer, wo doch nur das Haus neu gestrichen worden war? Hanna hatte mir erzählt, dass sie Klara als Baby von der Brust entwöhnt habe, indem sie die Warzen mit Wermuttee bestrich, und dass ihre Tochter diesen entsetzten, angeekelten und beleidigten Ausdruck bis heute jederzeit aufsetzen könne und sie es deshalb nicht ertrage, sie weinen zu sehen, eben weil sie dieses Gesicht an Klaras Gesicht der Empörung erinnere, als – so Hanna – »die Welt diesem Menschen zum ersten Mal die kalte Schulter zeigte«. Seit unserem großen Erlebnis hatte ich Madalyn schon einige Male weinend oder dem Weinen nahe angetroffen, und immer hatte ein Ausdruck absoluter Weltverlassenheit in ihrem Gesicht gestanden, als wäre ihr gerade die Trost- und Heillosigkeit aller Existenz vor Augen geführt worden. »Es ist genau das gleiche Haus«, sagte ich, »es sieht nur ein bisschen anders aus. Erinnerst du dich überhaupt, wie es vorher ausgesehen hat?« »Nein«, sagte sie. Sie fasste nach meiner Hand, und weil ich die schweren Plastiksäcke festhielt und ihren Händedruck nicht erwidern konnte, ergriff sie eines der Tragebänder und zog es aus meinen Fingern. »Ich helfe Ihnen«, sagte sie. Sie musste die Hand heben, um mit meiner gleichauf zu sein. So waren wir über die Stiege bis in den vorletzten Stock gegangen, der Lift war nämlich mit Gerüstteilen verstellt. Gleich würde sie weinen. Aber das hatte ich nicht sehen wollen und war schnell über die letzte Stiege hinaufgegangen.

Nun blickte sie mir in die Augen in einer steinernen Starrheit, die mich an ihre Mutter erinnerte – ich bin leichtfertig im Misstrauen wie im Vertrauen –, und da sah ich es wieder: Die Tränen stiegen auf und kippten über ihre hellen Wimpern, und ihr Mund verzog sich und ihre Brauen zuckten. Sie schluchzte, wie sie bei unserem gemeinsamen Abenteuer geschluchzt hatte, und meine Hand griff nach ihrer Hand und erinnerte sich ohne Umweg über den Kopf daran, was in so einer Situation getan werden musste, eben das, was schon einmal getan worden war.

»Sie lassen mich nichts«, stieß sie hervor. »Sie lassen mich einfach nichts. Sie lassen mich einfach überhaupt nichts!«

Ein letztes Mal warnte ein Instinkt in mir: Halt dich raus! Sei ein Egoist, du bist alt genug, *du darfst!*

»Willst du mir erzählen?« fragte ich.

Wieder starrte sie mir gerade in die Augen, sich dessen bewusst und mit Absicht diesmal, wie mir schien, provokant; als wollte sie einen Zornesfunken aus mir herauslocken, an dem sie sich selbst entzünden könnte; denn ihre Wut war längst von ihrer Verzweiflung ausgelöscht worden.

»Ich hasse sie beide«, sagte sie und betonte jedes Wort.

4

Frau Prof. Petri, Madalyns Deutschlehrerin, hatte zusammen mit der Klasse, für die sie als Vorstand verantwortlich war, der 5 b, eine Bildungsexkursion organisiert, und zwar nach Weimar; in den Osterferien würden sie fahren, am Samstag Abfahrt, am Ostersonntag wieder zurück. Solche Reisen veranstaltete die beliebte Lehrerin jedes Jahr, und es war üblich, dass auch Schüler und Schülerinnen aus anderen Klassen daran teilnehmen durften, nämlich solche, die sich besonders für Literatur interessierten oder besonders gute Aufsätze schrieben. Madalyn war eine Klasse tiefer – in einer der Mädchenklassen –, und Frau Prof. Petri habe sie angesprochen, als einzige. Nach einer Deutschstunde habe sie auf sie gewartet und gesagt, Madalyn, ich muss mit dir reden, du schreibst die allerbesten Aufsätze, ich denke, du solltest mitfahren, in Weimar haben die allerbesten Schriftsteller gelebt. Madalyn hatte ihre Eltern gefragt, und die hatten nein gesagt. Madalyn wollte eine Begründung von ihnen hören. Die bekam sie nicht. Ihre Mutter habe geantwortet, Begründungen für ihre Entscheidungen werde sie erst abgeben, wenn Madalyn sechzehn sei.

»Dann habe ich mit Papa gesprochen, und er hat gesagt, er redet noch einmal mit Mama. Ich habe ihn extra gefragt: Papa, von dir aus kann ich also gehen? Ich kann also von dir aus gehen? Und er hat gesagt: Von mir aus ja. Und jetzt hat auch er nein gesagt. Hat sogar weggelogen, dass er es mir einen Tag vorher erlaubt hat. Er hat einfach gelogen! Und jetzt darf ich nicht.«

»Und wenn deine Lehrerin mit deiner Mutter spricht?« schlug ich vor.

»Das hat sie bereits getan«, antwortete sie. »Aber sie hat es bestimmt nicht richtig getan, weil sie nicht gewusst hat, wie wichtig es für mich ist. Sie hat nur mit ihr telefoniert. Wenn sie mit ihr richtig gesprochen hätte, wär's bestimmt anders gewesen. Das kann sie gut, mit den Händen und so, und wenn sie einen anschaut. Es hat nichts genützt. Ich darf nicht.«

Sie hatte ihr Gemüse mit Reis und Huhn aufgegessen und einen New York Cheese Cake dazu und blickte finster und übersatt vor sich nieder.

»Für dich ist es im Augenblick ärgerlich und sicher auch traurig«, sagte ich. »Aber eine Katastrophe ist es nicht, Madalyn.«

»Doch, das ist es«, sagte sie. »Genau das ist es.« Sie ließ eine winzige Pause nur und sagte, ohne den Ton zu ändern: »Könnten Sie nicht mit meiner Mutter sprechen?«

Seit mir – wieder durch die Arbeit an meinem neuen Roman – klargeworden war, dass meine Verantwortung dem Leben gegenüber darin bestand, das eigene Erleben so gering wie möglich zu halten, weil ich das Glück des Beschreibens für unvergleichlich größer empfand, hatte ich mir eine Klausnerei verschrieben, die, wenn schon nicht glücklich, so doch immerhin tröstlich war. Ich hatte mir so fest vorgenommen, mich nie wieder – nie wieder! – in die Angelegenheiten anderer Menschen einzumischen.

»Das würde nichts helfen«, sagte ich. »Ich denke, es würde sogar das Gegenteil bewirken. Wenn deine Mutter schwankt, was ich mir nicht vorstellen kann, dann wird eine Einmischung von meiner Seite sie nur bestärken. Sie kann mich nicht leiden. Das weißt du wie ich.«

»Sie sind ein berühmter Schriftsteller. Hundertprozentig glaubt sie Ihnen.«

»Was soll sie mir glauben, Madalyn?«

»Wie wichtig es für eine Schülerin ist, nach Weimar zu fahren.« Und nun stürzte sie ihr Gesicht in die Hände. »Es ist so wichtig für mich«, sagte sie leise. Ihre Finger zitterten. Sie rieb sich die Augen und holte tief Luft.

Dies war ihr Kummer – er wäre nicht schwer zu erraten gewesen: Vor wenigen Tagen hatte sie Moritz kennengelernt und hatte sich in ihn verliebt, und es war das erste Mal in ihrem Leben, dass sie verliebt war. Er ging in ebendiese 5 b. Er fuhr nach Weimar. Und seinetwegen wollte auch sie nach Weimar fahren. Nur seinetwegen.
»Wenn ich nicht mit kann«, sagte sie, »ist alles vorbei.« Sie sah so betrübt aus, dass jedes Argument, das mir dazu einfiel, ihr wie ein Hohn geklungen hätte; und eigentlich fiel mir auch nichts dazu ein. Ich vermied es, in ihre verschwollenen kleinen Augen zu sehen.
»Samstag Sonntag ist schon lang«, fuhr sie fort, »und das sind nur zwei Tage, nur zwei Tage. Ich habe ihn Samstag Sonntag nicht gesehen, weil ich Samstag Sonntag nicht allein weg darf, weil ich nichts darf, überhaupt nichts darf, und Samstag Sonntag habe ich Hausarrest bekommen, das ist so primitiv, so blöd, und das waren nur zwei Tage, und Weimar ist mehr als eine Woche, das sind zusammen neun Tage, neun. Bitte, sprechen Sie mit meiner Mutter.«

Sie erzählte mir ihre Liebesgeschichte, um mich auf ihre Seite zu ziehen – sicher auch deshalb. Ich hörte ihr zu. Das ist mein Beruf, rechtfertigte ich mich vor mir selbst. Wie viele Bücher würden wir verabscheuen, wenn wir die Geschichte ihrer Entstehung wüssten. Am Ende sagte ich: »Ich kann es nicht, Madalyn, und ich will es auch nicht.« Und um ihr Entsetzen abzuwehren, nur darum, fügte ich hinzu: »Frag doch ihn, ob er hierbleibt.«

5

Moritz Kaltenegger war sechzehn. Er hatte einmal eine Klasse wiederholen müssen und war auch jetzt kein guter Schüler. Seine Eltern hatten sich scheiden lassen, da war er zehn gewesen. Seine Mutter war mit einem anderen Mann davon. Moritz hatte bis vor kurzem bei seinem Vater gewohnt; die beiden verstanden sich aber nicht gut. Der Vater arbeitete bei der Wiener Städtischen Versicherung, er hatte wenig Zeit für seinen Sohn, und manchmal hatte er eine Freundin, dann war es noch schlimmer; er wollte Moritz nicht den Tag über allein lassen, und so gab er ihn zu seiner Schwester, die selbst zwei Kinder hatte und ebenfalls geschieden war. An den Wochenenden holte er ihn ab, und meistens stritten sie sich. Moritz wollte seinen Vater nicht sehen, die schlechte Laune hielt er nicht aus, er wusste, die war nur seinetwegen. Wenn er bei ihm in der Wolfganggasse im 12. Bezirk war, spielte er bis spät in die Nacht hinein im Haydn-Park mit den Türken Basketball oder kiffte sich am Margaretengürtel mit Freunden das Hirn weg, und endlich weigerte er sich, seinen Vater zu besuchen. Und Herr Kaltenegger war erleichtert. Er habe den Falotten nicht mehr im Griff, sagte er zu seiner Schwester. Mit deren Freund verstand sich Moritz dagegen ausgezeichnet. Der nahm ihn manchmal an die Alte Donau zum Fischen mit. Er war Ingenieur und hatte bei Montagefirmen gearbeitet und war in Marokko und Tunesien gewesen und konnte schön von der Wüste erzählen und den Temperaturen dort.

Als Moritz gerade noch fünfzehn war – zu seinem Glück! –, bearbeiteten er und zwei andere Burschen mit Schraubenziehern einen Zigarettenautomaten und wurden dabei erwischt. Moritz wurde wegen Sachbeschädigung und versuchten Diebstahls angezeigt. Im Zuge eines außergerichtlichen Tatausgleichs wurde er verpflichtet, eine Zeitlang neben der Schule in einem Altersheim beim Geschirrabtragen und Putzen zu helfen. Als sein Dienst abgeleistet war, seien die Frauen, mit denen er zu tun gehabt hatte, sehr traurig gewesen. Er wurde einem Psychologen vorgeführt, und weil der an seinem Atem roch, dass er rauchte, veranlasste er, dass seine Sachen durchsucht wurden. Dabei wurde Marihuana gefunden. Die Jugendwohlfahrt wurde eingeschaltet, die hatte weiter nichts auszusetzen. Aber er wurde von seiner Schule verwiesen.

Der Freund seiner Tante kannte die Direktorin vom Gymnasium Rahlgasse. Er schilderte ihr den Fall und sagte, Moritz könne besonders liebe Seiten zeigen, wenn man nur ein bisschen freundlich zu ihm sei. Die Direktorin nahm Moritz auf, und er kam in Frau Prof. Petris Klasse. Dort fühlte er sich von Anfang an wohl. Wie alle anderen Schüler ließ auch er sich von der Begeisterung dieser Lehrerin anstecken. Ohne dass sie ihn dazu aufgefordert hätte, schrieb er ein Gedicht und zeigte es ihr. Sie war beeindruckt und fragte ihn, ob er einverstanden sei, wenn sie es in seiner Klasse und auch in den anderen Klassen, in denen sie unterrichte, vorläse und mit den Schülerinnen und Schülern darüber diskutierte.

Noch bevor sie wusste, wie er aussah, noch bevor sie ein Wort mit ihm gesprochen hatte, hatte Madalyn sein Gedicht gehört.

Manchen in der Klasse passte das Gedicht nicht. Die Sprache sei nicht besonders schön, nörgelte ein Mädchen, das allerdings wirklich viel von Gedichten verstand und auch schon selbst welche geschrieben hatte. Auch die hatte Frau Prof. Petri in der Klasse vorgelesen. Madalyn hätte gern widersprochen, aber ihr fielen keine Argumente ein. Sie hätte auch gar nichts zu dem Gedicht sagen können, nichts Gescheites jedenfalls; außer, dass sie sich eigentlich nicht auf die Worte hatte konzentrieren können, dass sie aber, sogar nach einer langen halben Stunde noch, meinte, die Stimme des Dichters zu vernehmen, seine wirkliche Stimme nämlich, die sie erstens nie vorher gehört hatte, und zweitens Frau Prof. Petri war es ja gewesen, die das Gedicht vorgetragen hatte, deren Stimme hundertprozentig anders klang. Wie war so etwas möglich? – Hätte sie das vor der Klasse verkünden sollen?

Es gab Mitschülerinnen, die sie bei jeder Gelegenheit heruntermachten, die sie wie ein halbes Baby behandelten und über Themen wie Körpergewicht und Ernährung redeten, als wären sie selber halbe Ärztinnen. Bea, eben die, die selber Gedichte schrieb und einen Busen hatte nicht weniger als Frau Prof. Petri und die größte in der Klasse war und Klassensprecherin und Klassenbeste und wer weiß noch was, die hatte es auf sie abgesehen – wie die so eine Meldung hingedreht hätte!

Aber es stimmte doch! Ihr war gewesen, als hätte sie durch die Stimme ihrer Lehrerin hindurch seine Stimme gehört, und seine Stimme hatte traurig geklungen. Dabei war das Gedicht nicht traurig, niemand in der Klasse hatte es traurig gefunden. Frau Prof. Petri hatte sogar gefragt: »Findet jemand von euch, es ist ein trauriges Gedicht?« Madalyn aber war von einer Melancholie ergriffen worden, und sie sah auf ihre Füße nieder, die sie immer und automatisch brav nebeneinanderstellte. Sie schob die Hände in die Ärmel und zog ihren Pullover bis über die Nase hinauf, damit die verdammten Tränen, falls sie fielen, gleich aufgesogen würden. Sie kam sich so klein vor, abgehängt. Sie war neidisch. Sie war sich ziemlich sicher, dass es Neid war. Wie Neid brannte, wusste sie, und es war ein ähnliches Brennen. Als ob es *ihr* zustünde, ein solches Gedicht zu schreiben, das vor der Klasse vorgelesen und besprochen würde. Aber daran hatte sie nie vorher gedacht! Sie drehte ihr Schulheft um und schrieb auf die leere letzte Seite ein paar Worte, die ihr gerade in den Sinn kamen. Der Blick aus dem Fenster brachte auch nichts. Was konnte sie eigentlich? Ein Letscho kochen konnte sie. Es hätte sie beruhigt, wenn es Neid gewesen wäre. So wusste sie nicht, was es war, das sie in Aufruhr versetzte.

Frau Prof. Petri fragte sie, wie ihr das Gedicht gefalle. Da erschrak sie und brachte nichts weiter zustande als ein Nicken.

Nach der Stunde verhandelten die Mädchen über diesen Dichter. Ihre Lehrerin hatte gesagt, er sei ein Dichter und ein bemerkenswertes Talent. Es hatte sich in der Schule längst herumgesprochen, was für einer dieser Moritz Kaltenegger außerdem war, nämlich einer, der sich mit der Polizei und dem Gesetz angelegt hatte, und Madalyn dachte, wenigstens ansehen möchte ich ihn mir.

In der großen Pause ging sie hinunter auf die Gasse, verschränkte die Arme und blickte zu Boden wie jemand, der in Gedanken versunken war – gern hätte sie die Lippen auf den Stamm der Birke gedrückt, die vor dem Schultor wuchs, wie sie es in der ersten Klasse oft getan hatte, wenn sie vor einer Prüfung oder einer Schularbeit aufgeregt war –, und schlenderte schließlich, den Kopf gesenkt, als grabe sie tief in tiefen Gedanken, zu der Stiege, die zur Mariahilferstraße führte. Dort saßen die Raucher auf den Stufen. Einer von denen würde er sein. Sie war sich sicher, sie würde wissen, welcher; und wenn sie ihn schon nicht an seinem Aussehen erkennen würde, dann bestimmt an seiner Stimme.

6

Vier Burschen saßen auf den Stufen der Rahlstiege und qualmten. Einer stand. Der hatte kurzes helles Haar und trug eine Jacke in den Red-Bull-Farben Blau und Rot mit zwei silbernen Streifen an den Ärmeln. Seine Augen lagen tief, und sein Mund sah sehr erwachsen aus. Der Mund schüchterte sie ein. Aber als sie vor ihm stand, musste sie sich kein bisschen überwinden, rein von selber ging alles und leicht.

Sie sagte: »Du bist der Moritz Kaltenegger, hab ich recht?«

Und er sagte: »Warum fragst du?« Es war genau die Stimme, die sie in sich gehört hatte, als Frau Prof. Petri das Gedicht vorlas.

»Frau Prof. Petri hat in der letzten Stunde dein Gedicht vorgelesen«, sagte sie. Und dass es ihr gut gefalle. Und ob er noch andere Gedichte habe.

Ihr Mundwerk war mutig, aber ihr Herz war voll Furcht. Sie spürte es unter ihrem Pullover hämmern und war froh, dass es nicht einer ihrer engen Pullover war, sonst hätte er es gesehen. Die Hände klemmte sie in die Taschen ihrer Jeans. Wenn sie jemand erschreckte oder wenn sie sich ungerecht behandelt fühlte, konnte es vorkommen, dass ihre Finger zitterten. Aber gleichzeitig redete sie und lachte und vergaß nicht, wie Worte zu betonen und Blicke zu werfen wären, und fand gut, wie sie es anstellte, und vergaß nicht, die Wangen einzuziehen, wenn sie zuhörte, damit ihr Gesicht schmaler aussähe, und das ging alles rein von selber und leicht. Wie war das möglich? Wie wenn zwei Madalyns in ihr wären – eine, die tat, und eine, die Punkte vergab. Sie hatte sich oft vorgestellt, wie es sein würde, wenn sie sich verliebte. Leider hatte sie diese Kopfgeschichten erst zu spinnen begonnen, seit sie keine Freundinnen mehr hatte. So hatte sie niemanden zum Vergleichen. Zu ihrer Telefonierzeit, als sie mit vielen gut und eng gewesen war, waren ihr solche Gedanken nicht gekommen. Wenn man es vorher wüsste, könnte man sich vorbereiten. Zum Beispiel hätte sie etwas anderes angezogen, Punkt eins. Ausgerechnet heute hatte sie etwas an, das eben leider nicht die Spur von etwas Besonderem hermachte, den grauen Pullover mit dem hohen Kragen, der zwar angenehm war, weil er nicht kratzte, und weit war, so dass sie zwanzig Stunden lang nicht ein einziges Mal an ihn zu denken brauchte – aber schön war er nicht. Sie besaß einen dunkelroten mit schmalen gelben Querstreifen, der kratzte am Hals und war unbequem und sah lässig aus. Den hätte sie angezogen. Eine wirklich schöne Jacke besaß sie leider keine. Die Jeans waren in Ordnung, nicht anders als die anderen Jeans, die herumliefen.

»Das Gedicht ist gut angekommen in der Klasse«, sagte sie und nickte ausgiebig. »Die ganze Stunde haben wir darüber geredet.«

»Mir gefällt es nicht mehr so gut«, sagte Moritz Kaltenegger.

Er kam die zwei Stufen herunter und stellte sich zu ihr. Ein bisschen größer als sie war er und lächelte sie an. Nun schüchterte sie sein Mund nicht mehr ein. Wenn er lacht, dachte sie, wirkt er – schau ihn an, schau ihn an! – sogar jünger als ich. Ich wette, dachte sie, er mag sein Lachen nicht, eben weil er dabei so jung aussieht. Aber ihr gefiel es. Und interessant, wie schnell er ernst werden konnte, und schon sah sein Mund aus wie der eines Mannes.

Den anderen drehte er den Rücken zu. Es war ihm egal, ob sie zuhörten oder nicht. War das gut? Oder nicht so gut? »Es ist schon eine Weile her«, sagte er. »Ich kenn es einfach zu gut, wenn du weißt, was ich meine. Am Anfang habe ich mir gedacht: He! Jetzt denke ich das nicht mehr.«

»Ich kann mir das gut vorstellen«, sagte sie. »Wenn man es selber oft durchliest. Und dann liest es sogar jemand anderer vor, und andere reden darüber.«

»Genau.«

»Aber ich glaube, das ist nur so, wenn man es selber geschrieben hat. Ein anderer kann es fünf Mal hintereinander lesen und öfter, und es geht ihm nicht auf die Nerven, und wenn es dann jemand anders vorliest, ist es wieder wie neu.« Und jetzt sagte sie die Unwahrheit, weil die Unwahrheit ein Lob war: »Frau Prof. Petri hat es zweimal hintereinander vorgelesen. Beim zweiten Mal hat es mir sogar noch besser gefallen.«

Sie redete und lachte und fuhr mit den Händen aus und versuchte, ebenso schnell wie er in den Ernst hinüberzuwechseln, und dachte bei jedem Wort, gleich ist das Gespräch zu Ende, denn gleich weiß ich nicht mehr, was ich sagen soll. Aber das Gespräch dauerte, bis die Pause zu Ende war. Sie sagte wieder seinen Namen, diesmal nur seinen Vornamen, und tat sich selber damit etwas Gutes, denn das Mo- klang, wie helle Schokolade riecht, und sah auch so aus, und das -ritz schmeckte süß und scharf in einem, und wenn es eine Farbe gehabt hätte, wäre es ein leuchtendes Orangerot gewesen.

Sie war zufrieden mit sich selbst. Schöne Sachen waren ihr eingefallen, die sich angehört hatten wie aus einem Traum, wo man manchmal ja auch nicht weiß, was das jetzt mit einem selbst zu tun hat, weil man sich selbst so etwas Schönes kaum zugetraut hätte.

Sie waren die letzten, die in die Schule zurückkehrten, und als Madalyn ihre Klasse betrat, hatte der Unterricht bereits begonnen.

Während der Geographiestunde versuchte Madalyn, sich an jedes Wort zu erinnern, das sie gesagt hatte. Es bedrückte sie, dass unter dem Strich einiges dabei war, was ihr nun gar nicht mehr gefiel – nämlich, weil es so normal war, so elend normal. In Wahrheit war das allermeiste so gewesen, elend normal. Worüber sie vor wenigen Minuten selber gestaunt hatte, stand nun plump und platt und voller Widersprüche da. Oder angeberisch. Eigentlich war alles, was sie gesagt hatte, nicht besonders gewesen. Er wird sich denken, die ist hundertprozentig nichts Besonderes. Und wenn ihm aufgefallen war, wie sie sich die Wangen beim Zuhören absichtlich schmal gesaugt hatte, wäre das mehr als peinlich. Das hatte sie eindeutig übertrieben. Aber *er* war etwas Besonderes. Das war belegt. Sie dachte: Ich hätte erst morgen mit ihm reden sollen, und vorher wäre ich zu Frau Prof. Petri gegangen und hätte sie gefragt, ob ich eine Kopie von dem Gedicht haben könnte. Merkwürdigerweise fiel ihr nur ein, was *sie,* und fast nichts, was *er* gesagt hatte. Sie erinnerte sich nicht einmal an seine Antwort – ob er noch andere Gedichte geschrieben habe. Er muss mir doch darauf eine Antwort gegeben haben, dachte sie. Dass er das Gedicht irgendwann während des Unterrichts geschrieben habe, das hatte er gesagt, daran erinnerte sie sich. Und an seine bleichen Hände erinnerte sie sich. Die waren grün geädert und sahen aus, als würde er daran frieren. Sie hatte vergessen, ihm ihren Namen zu sagen! Aber warum hatte er nicht danach gefragt? Er wusste nicht einmal, wie sie hieß – was für einen Sinn hatten die Bienen in ihrem Kopf, wenn er nicht einmal wusste, wie sie hieß!

Geographie war eines ihrer Lieblingsfächer. Nicht weil sie sich für Länder und Hauptstädte und Armut oder niedergebrannte Regenwälder interessierte, sondern weil – und sie hatte wirklich nicht die geringste Ahnung, warum das so war – sie in keinem anderen Fach so prächtig abdriften konnte. Wenn irgendein Fach geeignet wäre, um während der Stunde ein Gedicht zu schreiben, dann Geographie. Vielleicht lag es an den Namen der Städte und Flüsse und Länder und Präsidenten, die sie durcheinanderbrachte und sich nicht merken konnte und auch nicht wollte, denn bei Herrn Prof. Lunzer gab es sowieso nur gute Noten. Das war mehr als merkwürdig: Wenn ihr eine Sache etwas bedeutete, erinnerte sie sich hinterher nicht an die Sache selbst, sondern nur daran, was sie dabei gefühlt hatte, und je näher ihr eine Sache ging, desto weniger erinnerte sie sich daran. Das sollte ihr einmal einer erklären! Sie erinnerte sich tatsächlich an kein einziges Wort aus seinem Gedicht. Sie drehte ihr Geographieheft um und schrieb einen Satz auf und einen zweiten und einen dritten. War das bereits ein Gedicht? Wann weiß man das? Niemals würde sie jemandem so etwas zeigen. Wenn er sie fragte, was ihr denn am besten in seinem Gedicht gefallen habe, würde sie ihm keine Antwort geben können. Das Herz sprang ihr bis in die Kehle hinauf: Vielleicht *hatte* er ja gefragt. Und was hatte sie geantwortet? Vielleicht hatte er ihr lauter Fragen gestellt, und sie hatte drauflosgeplappert und keine seiner Fragen beantwortet. Weil sie nicht hingehört hatte. Hinhören konnte sie nur, wenn sie etwas nicht allzusehr interessierte.

Sie saß an einem der seitlichen Tische. Bea Haintz saß vorne. In Deutsch und in Geographie saß Bea vorne, in den übrigen Fächern hinten. Und die anderen ließen sich das gefallen und tauschten sogar gern mit ihr. Ein Plus von Bea verliehen zu bekommen war etwas Besonderes. Weil Bea etwas Besonderes war. Wenn sie vorne saß, zeigte sie der Klasse ihr zufriedenes Profil. Und jetzt sagte dieses zufriedene Profil: Ich habe ihn zwar kritisiert, aber ich bin die einzige, die ihn versteht. Und ich nicht, dachte Madalyn. Die Einwände, die Bea gegen das Gedicht vorgebracht hatte, hatten sie getroffen, als wären sie gegen sie abgefeuert worden. Es wäre nichts dabei gewesen, folgenden Satz an ihn zu richten: *Ich würde gern länger mit dir über dein Gedicht sprechen.* Es wäre wahrscheinlich gewesen, dass man in diesem Fall etwas ausgemacht hätte – dass man sich nach der Schule trifft. Vielleicht wohnte er in ihrer Richtung? Sie hätten ein Stück gemeinsam gehen können. Warum nur hatte sie das nicht gesagt? Anstatt diesen Topfen zu verzapfen! Sie hoffte so sehr, ihn nach der Schule auf der Gasse zu treffen. Dann könnte sie ihren Fehler ausbügeln. Was würde er sich denken, wenn sie zu ihm sagte: Ich erinnere mich nicht an dein Gedicht, aber ich fand es wunderschön, weil ich deine Stimme gehört habe? Sie könnte zum Beispiel sagen, es sei für sie wie Musik gewesen. Es habe so schön geklungen, darum habe sie auf den Inhalt nicht achten können. Ja, genau das würde sie sagen. Dein Gedicht hat mich weggetragen. Frau Prof. Petri hatte gesagt, ein Gedicht sei um so besser, je mehr es beim Zuhörer auslöse, manche Gedichte seien wie Musik, und manchen Gedichten gelinge es, einen wegzutragen. Das Gleiche hatte sie wahrscheinlich auch in der 5 b gesagt. Wenn Frau Prof. Petri nach einem Satz eine längere Pause ließ, hieß das, sie gab einem Zeit, sich Notizen zu machen. Sie sagte auch nicht Heft, sondern Notizblock. Es wäre also kein Unglück, ihm zu gestehen, dass sie sich nicht an sein Gedicht erinnerte; und zwar, weil es »so viel in mir ausgelöst hat«. – So richtig wohl war ihr bei dieser Strategie allerdings nicht.

Entweder er war bereits gegangen, oder er war oben in seiner Klasse. Einen von den vieren, die bei ihm auf der Stiege gesessen und geraucht hatten, erkannte sie. Sie nahm an, dass er mit Moritz Kaltenegger in die 5 b ging. Sollte sie ihn fragen? Ist der Moritz in der Klasse oben? Ist der Moritz schon gegangen? Wo ist der Moritz? Das traute sie sich nicht. Sie wartete vor der Schule, ging in Achterschleifen, hatte wieder den Drang, die Birke zu küssen, und wartete, bis sie allein war. Schließlich lief sie hinauf in die 5 b.

Die Klasse war leer. An welchem Tisch saß er? Sie setzte sich an den, der am weitesten vom Lehrerpult entfernt war. Im Fach unter der Platte lag ein Biobuch. Aber kein Name stand darauf. Sie griff tiefer in das Fach hinein. Zog ein zusammengeknülltes Schokoladepapier heraus, nichts sonst. Eine simple Milka Nuss. Sie schnüffelte an dem Buch. Es roch nicht nach Rauch. Das hatte nicht unbedingt etwas zu sagen. Sie schloss die Augen, presste das Buch gegen ihre Stirn. Aber was hätte passieren sollen? Dass sie wieder seine Stimme in ihrem Kopf hörte: Ja, das ist meins?

Sie schob ihr Fahrrad nach Hause. Ließ sich Zeit, weil sie Zeit hatte, und der Weg kam ihr vor wie in einem Film.

7

Madalyns Eltern besaßen nicht viele Bücher und gar keine Gedichte. Sie besuchten hin und wieder Konzerte im Musikverein oder hörten sich an Allerheiligen Mozarts Requiem im Stephansdom an; sie waren auch schon zu einem Abend in der Oper eingeladen worden, als chinesische Partner der Firma von Madalyns Vaters zu Besuch waren. Ihre Mutter schwärmte für Musicals, aber diesbezüglich gebe es schon lange nichts Gescheites mehr in Wien. Die Mutter hatte Faschiertes und Nudeln gekocht und war gerade damit fertig, als Madalyn nach Hause kam. Madalyn deckte sauber für zwei Personen, Löffel und Gabel auf einer zu einem Dreieck gefalteten Serviette rechts neben dem Teller, darüber ein Glas für das Mineralwasser. Die Mutter konnte oder wollte es sich nicht abgewöhnen, auf Madalyns Sessel ein Kissen zu legen.

In Deutsch, sagte Madalyn, beschäftigten sie sich gerade mit Gedichten, jeder müsse ein Gedicht vorbereiten, sie seien die einzigen, die kein einziges zu Hause hätten. Die Mutter konnte dafür eines auswendig, sie wusste aber nicht mehr, wer es geschrieben hatte, und auch nicht, ob es ein gutes oder eher ein maues Gedicht war. Außerdem kannte sie nur die erste Strophe.

Das Haus hab' ich erbaut
Vom Keller bis zum Dach.
Wer hat den Kobold eingesetzt,
Der unter der Treppe wohnt?

Sie lachten, weil das Gehirn des Menschen so eine komische Riesenwalnuss ist, die sich zwar fast dreißig Jahre lang so ein komisches Gedicht, mit dem man aber rein nichts anfangen kann, wie am Schnürchen merkt, eine wichtige Telefonnummer hingegen nicht, nur weil diese im Handy gespeichert ist.

»Und so kann es vorkommen«, sagte die Mutter, fuhr mit der Hand durch Madalyns kurzes Haar und kraulte ihren Kopf mit den Fingernägeln, »dass ich eine Nummer jeden Tag mindestens dreimal auf dem Display sehe, und trotzdem merke ich sie mir nicht.«

In diesen Tagen war Madalyn mit ihrer Mutter ziemlich gut; es waren noch zwei Wochen hin, bis sie fragen würde, ob sie mit der Klasse von Frau Prof. Petri in die »Klassikerstadt« Weimar fahren dürfe. Madalyn war dennoch vorsichtig. Telefonieren war ein kritisches Thema.

Madalyn bereitete den Salat zu, das konnte sie blitzschnell, und er gelang ihr besser als der Mutter. Das gab Frau Reis auch gern zu. Madalyn besorgte auch oft die Zutaten und dachte sich Überraschungen aus. Etwa darübergestreute kleingehackte Nüsse oder angeröstete Brotbröckchen oder angeröstete Kürbiskerne. Eine Zeitlang hatte sie große Freude am Salat gehabt und aus dem Internet Rezepte geladen, Höhepunkt: ein Waldorfsalat. Ihr Vater sagte: »Madalyns berühmte Salate.« Inzwischen beschränkte sie sich auf normalen grünen mit Paradeisern und Gurken. Beim Dressing experimentierte sie, aber eigentlich nur, weil ihr selbst keines richtig schmeckte; der Essig war ihr zu sauer, und vor dem Öl hatte ihr immer ein wenig gegraust. Eine Soße aus Zitrone, Sauerrahm und Dill, wie sie im Netz gelesen hatte, enthielt ihr zu viele Kalorien und zu viel schlechtes Fett. Sie aß den Salat am liebsten ohne alles, auch ohne Pfeffer und Salz. Andererseits bestünde ihre Arbeit dann nur aus Waschen und Schneiden, und das war mit Bestimmtheit keine Kunst, für die man gelobt werden konnte.

Für eine Viertelstunde hatte sie ihren »Traumwirbel« vergessen, aber nun war er wieder da. Sie schrieb das Wort schnell auf den

Rand der Zeitung, riss das Stück ab und steckte es ein. Es könnte in ein Gedicht passen. Dieser Gedanke machte sie glücklich.
Nach dem Essen probierte sie in ihrem Zimmer den rot-gelben Pullover an. Ganz im klaren über ihn war sie sich nicht mehr. Wenn sie sich frontal im großen Spiegel im Schlafzimmer ihrer Eltern betrachtete, fand sie sich nicht überragend, überhaupt nicht. Sie kannte alles an der, die sie vor sich sah. Ging es Moritz Kaltenegger auch so? Und wenn er seinen Mund im Spiegel betrachtete? Er musste doch wissen, dass er einen interessanten Mund hatte. Wenn sie so tat, als spaziere sie zufällig am Spiegel vorbei und schaue zufällig hinein, war es besser. Sie spielte eine sehr beschäftigte Frau, eine im Stress, ging drei schnelle Schritte und setzte ein Gesicht auf, als würde sie sagen: Das muss man erst im einzelnen prüfen. Nun schritt sie bedächtig, bewegte Mund und Hände, wie man es tat, wenn eine tiefgründige, vielleicht sogar traurige Diskussion geführt wurde. Oder sie steckte die Hände in die Gesäßtaschen, hob den Kopf: eine junge Frau, der gerade die erste Zeile eines Gedichtes einfällt – so mochte sie sich am liebsten. Gut war auch, wenn sie lachte: ein ausgelassener Mensch auf einer Party. Sie lachte, ohne einen Ton von sich zu geben. Hatte sie ein schönes Lachen? Oder ein hundsnormales Lachen? Sie glaubte, dass ihr Lachen eher schön war. Einmal war ein Ehepaar bei ihnen zu Besuch gewesen, Freunde der Eltern oder nicht eigentlich Freunde, solche wären wahrscheinlich öfter gekommen, die Frau jedenfalls hatte einen Lacher gehabt, der Madalyn in Erinnerung geblieben war. Sie hatte dabei den Kopf zur Seite geneigt und auf den Boden gesehen und mit der Hand ihren Lacher irgendwie dirigiert. Madalyn versuchte es vor dem Spiegel. Sah auch bei ihr gut aus. Sie wollte gleich morgen in der Klasse damit anfangen. Nur nicht wieder übertreiben! Ob sie in der großen Pause wieder mit ihm reden würde? Sie wollte nicht aufdringlich sein, aber sie wollte auch nicht dastehen und warten, bis er zu ihr käme. Sie fürchtete sich vor dem Schmerz. Vielleicht würde sie in der großen Pause einfach in der Klasse bleiben. Und? Wäre auch nur Warten.

Schlimmeres Warten. Vielleicht sollte sie morgen extra nicht in die Schule gehen. Und würde warten. Zu Hause halt. Viel schlimmeres Warten. Sie hätte sich gern von hinten gesehen. Oder von oben. Wie sah sie von hinten aus, wenn sie ging? Die meisten Leute sehen einen von hinten. Gerade, wenn man ein besonderes Gesicht hat. Dann drehen sich die Leute nach einem um. Und sie schauen einen länger und genauer von hinten an als von vorne. Und sind enttäuscht. Oder nicht. Sie hatte ihn nur von vorne gesehen, von der Seite und von vorne. Er hatte eine Art, den Oberkörper zu drehen, wenn er sprach. Das war lässig. Und wenn jemand aus dem Fenster schaut, und ich gehe unten vorbei, dachte sie. Was würde der denken? Wen hätte sie fragen sollen? Sie hatte keine Freundin, die ehrlich zu ihr wäre. Ihr Gang war mit ziemlicher Sicherheit nicht umwerfend. Sie hatte eine schlechte Haltung. Das sagte jedenfalls ihre Mutter. Aber der traute sie zu, dass sie es absichtlich sagte, um sie zu kränken. Mit größter Wahrscheinlichkeit war genau das, was ihre Mutter eine schlechte Haltung nannte, eine lässige Haltung. Was ihre Mutter als gute Haltung bezeichnete, wollte Madalyn mit ziemlicher Sicherheit nicht haben.

»Das ist wahrscheinlich ein Fehler, dass wir so wenig Bücher haben«, sagte die Mutter, als sie gemeinsam das Geschirr in den Spüler räumten. »Damit muss man früh anfangen.«

»Das macht doch nichts«, sagte Madalyn.

Von ihrem Taschengeld waren ein Zehneuroschein und siebzig Cent übrig. Sie sparte, wusste nicht, worauf. Sie rief in die Wohnung hinein, sie gehe schnell etwas besorgen. Den rotgelben Pullover behielt sie an. Ihre Jacke zog sie nicht drüber. Es war zwar zu kalt für diesen Aufzug, aber es dauerte ja keine hundert Meter bis zur Buchhandlung Anna Jeller in der Margaretenstraße. Wenn sie an einem Schaufenster vorbeiging, wollte sie sehen, wie sie sich darin spiegelte. Himmlisch musste es sein, dachte sie, wenn man irgendwo zufällig ein Foto sieht mit einem unheimlich hübschen Mädchen darauf, und es stellt sich heraus, das ist man selber.

Frau Jeller stand vor ihrer Buchhandlung und rauchte eine Zigarette. Sie solle ruhig hineingehen und sich umschauen, sagte sie zu Madalyn, sie komme gleich nach.

Madalyn war die einzige Kundin. Der gusseiserne Ofen hinten an der Wand war eingeheizt. Es roch gemütlich nach Kaffee und Bücherstaub. Die Regale reichten bis zur Decke. Eine hohe Leiter lehnte an der Wand neben dem Ofen, die Tritte waren mit Samt überzogen oder mit Wildleder. In den Ecken standen Sessel, ein roter und ein gelber Ledersessel, daneben ovale Tischchen, Kaffeetassen, Zuckerdose, eine Schale mit Keksen, Weingläser. Ab der fünften Klasse, so wurde erzählt, frage Frau Prof. Petri nach den Ferien – Sommer, Weihnachten, Semesterferien, Ostern – jeden einzelnen Schüler, was er in der freien Zeit gelesen habe. Wettbewerbe fänden statt, wer das interessanteste Buch nenne, ein Buch, das Frau Prof. Petri als das interessanteste wertete. Dann wurde jedes Mal im Internet nach Inhaltsangaben und Interpretationen gesucht, und wenn eine Glück – oder Pech – hatte, forderte sie Frau Prof. Petri auf, bis zur nächsten Stunde ein kleines Referat über das Werk zu halten. Madalyn sah sich vor der Klasse stehen und über einen wichtigen Roman sprechen oder über ein Theaterstück – es sei auch erlaubt, ein Theaterstück anzugeben, sogar, wenn man es nicht gelesen, sondern nur gesehen hatte. Madalyn war noch nie im Theater gewesen. Sie hatte auch keine Lust dazu. Sie hatte auch nie daran gedacht, Schauspielerin zu werden, auch nicht Filmschauspielerin. Jemanden mit so krausen Haaren würde man wahrscheinlich auch nicht nehmen. Das war ihr aber egal. Frau Prof. Petri hatte einmal gesagt, man könne über das Bücherlesen verschiedene Meinungen haben, in Wahrheit aber gebe es nur einen Grund, warum jemand ein Buch lese, nämlich, weil er eine Geschichte suche, in der erzählt werde, was man selber auch schon erlebt hat, und weil man wissen wolle, wie sich jemand anderer in einer ähnlichen Situation verhalte. Es könnte doch sein, dachte Madalyn, dass unter all den Büchern hier eines war, in dem von einem Mädchen erzählt wurde, das so war wie sie und dem etwas

Ähnliches passierte wie ihr; in dem sogar drinstand, wie es weitergehen würde mit ihr. Dieses Buch würde sie nicht kaufen, nein, sie würde jeden Tag in diese Buchhandlung kommen und immer ein Stück weit in ihrem Leben vorauslesen, einen Tag, nicht mehr, nur einen Tag. Wie würde dieses Buch enden? Auf einmal stieg eine warme Welle in ihr empor. Sie fühlte sich so wohl hier, und Frau Jeller, die draußen auf dem Gehsteig ihre Zigarette rauchte, kam ihr vor wie eine Freundin. Sie konnte sich gut vorstellen, dass aus ihr schon bald jemand werden würde, die hier stöberte und Fragen stellte und von eigenen Ideen erzählte. Sie meinte tatsächlich, noch nie so gern gelebt zu haben.

Niemand in ihrer Klasse interessierte sich in Wirklichkeit für Bücher. Alle verehrten Frau Prof. Petri und liebten ihren Unterricht, aber Geld für Bücher gab keine aus. Auch Bea Haintz nicht. Bei Bea war es so: Wenn sie den Hundertmeterlauf der Damen im Fernsehen anschaute, kam sie sich wie die beste Hundertmeterläuferin vor; wenn in den Nachrichten von Gerlinde Kaltenbrunner berichtet wurde, die alle Berge über 8000 Meter besteigen wollte, tat sie so, als wäre sie in ein paar Jahren auch soweit; und über Brad Pitt und Angelina Joli plauderte sie, als würde sie bei denen regelmäßig zu Weihnachten vorbeischauen. Und als Frau Dr. Rachinger, die Direktorin der Österreichischen Nationalbibliothek, in der Schule eingeladen war, um von ihrer Arbeit zu berichten, hatte sich Bea hinterher aufgeführt, als stünde sie bereits als deren Nachfolgerin fest. Madalyn nahm sich vor, niemandem von dieser Buchhandlung zu erzählen. Die wollte sie für sich allein haben. Oder für sich zu zweit. Denn manchmal würden sie zu zweit hierherkommen, aber eher selten. Sie würde in einem Buch mit Gedichten blättern und zu Moritz Kaltenegger sagen: Hier, lies das! Es wäre eine Stelle, die mit ihnen zu tun hätte, bei der aber niemand anderer draufkäme. Und er würde ihr auch eine Stelle zeigen, und es wäre das gleiche. Aber sie würde ein bisschen mehr von Gedichten verstehen als er. Er konnte schöne Gedichte schreiben, aber sie würde mehr davon verstehen. Das wäre doch möglich. Warum nicht? Sie glaubte, dass sie eher nicht der Typ war, der Gedichte schrieb.

Auf dem langen Tisch in der Mitte waren in kleinen Stapeln die Neuerscheinungen ausgestellt. Madalyn strich mit ihrer Hand darüber. Was darin zu lesen stand, stieg in ihre Hand, in ihren Arm und bis in ihre Achsel hinauf, und sie dachte: Es gibt kein Geschäft in der ganzen Stadt, das ich mehr liebe als dieses. Aber sie war zum ersten Mal hier, und sie hatte nie in ihrem Leben ein Buch gekauft. Und wenn Bea den Moritz Kaltenegger nach der Schule abgepasst hatte? Und mit ihm ein Stück gegangen war? Und mit ihm über sein Gedicht gesprochen hatte? Und mit ihm etwas ausgemacht hatte? Dann würde sie keine Chance haben.

Madalyn konnte kaum mehr Mut fassen, als Frau Jeller zu ihr trat.

Sie sagte – und musste noch einmal ansetzen, weil sie sich verräusperte –, sie brauche ein Buch mit Gedichten. Aber, fügte sie hinzu und hob die Schultern, es dürfe nicht mehr als zehn Euro siebzig kosten, denn genau so viel Geld habe sie.

»Was für Gedichte interessieren dich?« fragte Frau Jeller und lachte sie an, sie zum Beispiel hatte eindeutig ein schönes Lachen. »Klassische Gedichte oder eher moderne?«

Madalyn wusste nicht ganz genau, was klassische Gedichte waren; schnell sagte sie und mimte eine Stimme, als wäre sie nicht in eigener Angelegenheit hier, sondern in offiziellem Auftrag: »Liebesgedichte und modern.« Lachte nun auch und neigte den Kopf zur Seite und sah auf den Boden. Mit den Händen zu dirigieren traute sie sich aber nicht, das wollte sie erst vor dem Spiegel üben.

»Weißt du einen bestimmten Schriftsteller, der dich interessiert? Oder willst du einen Band mit verschiedenen Gedichten?«

»Eher das, ja. Verschiedene.«

Frau Jeller zog ein kleines gebundenes Buch aus einem Regal. »Das kostet zehn Euro dreißig, und es sind lauter Liebesgedichte und alles moderne Schriftsteller.«

Das Buch hatte einen blassen Umschlag aus Weiß, Rosa und Gelb und trug den Titel *Nichts ist versprochen* und den Untertitel *Liebesgedichte der Gegenwart.*

Ohne hineinzuschauen, bezahlte Madalyn und ging. Sie schämte sich ein wenig. Und wusste nicht, warum. Als hätte sie sich das Buch irgendwie erschlichen.

8

Das Display auf ihrem Handy zeigte acht Anrufe in Abwesenheit.
Die Mutter war bereits gegangen. Auf dem Küchentisch lag ein Blatt Papier, darauf war mit sauberer Hand das Gedicht von dem Kobold unter der Treppe geschrieben. »Bis um sechs, Madi.«
Acht Anrufe in Abwesenheit.
Die Wertkarte ihres Handys war abgelaufen. Bereits seit zwei Wochen. Madalyns Ziel war es, mit einer Zehneurokarte einen Monat lang auszukommen und sogar einen winzigen Rest übrig zu haben. Seit Jänner hatte sie das auch geschafft, das hieß: Jänner und Februar. Im März war es ihr nicht gelungen, bereits in der Mitte war Ende. Das bedrückte sie. Wenn sie ihr Guthaben verbraucht hatte, konnte sie zwar angerufen werden, aber selbst nicht anrufen. Sie wurde kaum mehr angerufen. Eben weil sie selbst nur sehr selten und nur kurz telefonierte. Das hatte sich so ergeben, weil sie ein besserer Mensch werden wollte. Wenn sie von der Schule nach Hause kam, sah sie nach, ob jemand ihre Nummer gewählt oder ihr ein SMS geschickt hatte. Manchmal sah sie auch erst am Abend nach. Und manchmal schon hatte sie mit Stolz, aber auch mit Wehmut festgestellt, dass sie einen ganzen Tag lang nicht ans Telefonieren gedacht hatte. Eine Zeitlang hatte sie ein Telefoniertagebuch geführt. Zur Kontrolle. Das war inzwischen nicht mehr nötig. Hoffte sie. In dem Büchlein waren drei Spalten pro Seite. In die eine sollte sie eintragen, wann wer sie anrief, in die zweite, wann sie wen anrief und wie lange das Telefonat gedauert hatte, in die dritte Spalte, worum es in dem Telefonat gegangen war. Wenn

sie das dunkelblaue Notizbuch in ihrem Schreibtisch liegen sah, packte sie ein klammes Gefühl, als würden böse Geister herausfahren, wenn sie es öffnete. Ihr Vater hatte ihr den Rat gegeben. »Das soll dein Telefoniertagebuch sein«, hatte er gesagt und es ihr in die Hände gedrückt, seine Hände an ihren. »Es wird dein Freund werden.« Das ist es nie geworden, nein. Mit neun hatte sie zu telefonieren begonnen. Sie war oft allein gewesen, und ihre Eltern hatten ihr ein Nokia gekauft, fad grünlich und rundlich. Ihr war langweilig gewesen an den Nachmittagen, und sie telefonierte. Alle ihre Mitschülerinnen besaßen Handys. Aber sie waren bei verschiedenen Betreibern angemeldet, T-Mobile, A 1, Orange, Bob, Telering, und das jagte die Telefonkosten in die Höhe. Wenn sie allein war, überstand sie bald keine fünf Minuten mehr, ohne auf die kleinen Tasten zu tippen. Sie telefonierte, während sie an ihren Hausaufgaben saß oder das Mittagessen aufwärmte, telefonierte neben dem Fernsehen, sogar wenn sie aufs Klo ging, nahm sie das Handy mit, immer war es in ihrer Hand oder lag neben ihrer Hand. Und eines Tages hatte es einen fürchterlichen Krach gegeben. Sie erinnerte sich nicht mehr daran, wie hoch die Kosten gewesen waren. Nur dass sie in einem Monat mehr als tausend SMS geschrieben hatte. Ihre Mutter hatte sie zusammengeputzt, und ihr Vater hatte nur immer wieder gesagt: »Du bist krank, Madalyn, du bist krank.« Da hatte sie sich fest vorgenommen, ein besserer Mensch zu werden. Ihre Mutter meldete das Handy ab. Wenn sie telefonieren wolle, sagte sie zu Madalyn, müsse sie sich von ihrem Taschengeld eine Wertkarte besorgen. In der Nacht träumte sie Telefonsachen, Tasten, Piepsen, SMS-Daumen oder so. Das war eine schwere Zeit für sie gewesen. Die erste Wertkarte hatte sie bereits an einem Nachmittag durch. Nach drei Tagen war ihr Taschengeld aufgebraucht gewesen. Sie war in der Wohnung herumgetappt wie ein Zootier, das Handy in der Hand, und wenn es den erlösenden Signalton von sich gab (den Anfang eines Songs), drückte sie, ehe er verklungen war, auf den grünen Knopf. Nicht anrufen zu können war wie im Gefängnis zu sein.

Acht Anrufe in Abwesenheit! Und immer dieselbe Nummer! Und erst jetzt habe sie gedacht, was sie sofort hätte denken sollen: Das kann nur er sein. Und wenn nicht? Wenn sich jemand einen Witz mit ihr machen wollte? Am liebsten hätte sie sich im Bad eingeschlossen und sich ins heiße Wasser gelegt, wo man sogar einen zum Tode Verurteilten eine halbe Stunde lang in Ruhe lassen würde. Ihr war, als wollte sie jemand bloßstellen, vor der ganzen Klasse bloßstellen. Als hockte man genau in diesem Augenblick irgendwo zusammen und kicherte, und jede glotzte auf ihr Handy und wartete nur darauf, dass sie zurückrief, um sich dann halbtot zu lachen. Sie setzte sich in der Küche auf den Fußboden, legte das Handy zwischen ihre Füße. Das kleine Gerät machte sie unglücklich.

Acht Anrufe in Abwesenheit und alle in der letzten halben Stunde. Genau als sie in der Buchhandlung war.

Wer auch immer sie in dreißig Minuten achtmal angerufen hatte – nichts war bewiesen, absolut nichts –, er würde es gewiss ein neuntes Mal versuchen. Sie dividierte dreißig durch acht. Also im Schnitt alle dreieinhalb Minuten hatte er – oder sie – angerufen. Aber wahrscheinlich er. Sie wartete. Nach fünf Minuten hielt sie es nicht mehr aus. Ihr Magen zog sich zusammen. Als sie aufstand, war ihr schwindlig. Wenn sie an die Nudeln mit Sugo dachte, meinte sie, sie müsse sich übergeben. Sie trank ein großes Glas Wasser in einem Zug aus. Es war ganz und gar nicht bewiesen, dass Moritz Kaltenegger angerufen hatte! Woher sollte er auch ihre Nummer haben? Er wusste ja nicht einmal, wie sie hieß.

Sie suchte die Küche nach Geld ab. Manchmal lagen Münzen herum. Im Schrank zwischen den Tassen fand sie ein Zweieurostück und drei Zwanzigcentstücke. Warum nur hatte sie dieses Buch gekauft! Noch nicht einmal hineingesehen hatte sie. Sie schlug es auf, überflog ein Gedicht, und es war wie nichts. Das sollte ein Liebesgedicht sein? Sie hatte sich jedes Wort gemerkt. Hätte das ganze Gedicht auswendig herleiern können. Warum nur hatte sie dieses Buch gekauft! Zehn Euro dreißig! So viel wie die billigste

Wertkarte! Niemand in ihrer Klasse besaß einen Gedichtband, der ihr allein gehörte. Auch Bea Haintz nicht. Sie suchte in den Taschen der Jacken, die in der Garderobe hingen. Fünfzig Cent fand sie im Wintermantel ihres Vaters. Zusammen mit dem Rest von ihrem Taschengeld ergab das drei Euro und fünfzig Cent. Sie kannte niemanden, der ihr sechs Euro fünfzig leihen würde. Sie durchwühlte die Schubladen im Wohnzimmer, die Schubladen in den Nachtkästchen ihrer Eltern, noch einmal die Garderobe. Sie kroch am Boden und sah unter den Möbeln nach, hob den Wäschekorb im Bad hoch. So wenig Einrichtung war in der Wohnung, kaum Möglichkeiten, etwas zu verstecken, keine Hoffnung, etwas zu finden.

Sie ging ins Bad und ließ Wasser einlaufen. Und ließ es gleich wieder ablaufen. Dabei hielt sie ihr Handy in der Hand – wie früher, als sie krank gewesen war. Er würde nicht mehr anrufen. Kein normaler Mensch ruft in einer halben Stunde achtmal an. Er *hatte* achtmal angerufen. Ein neuntes Mal konnte niemand von ihm verlangen. Sie griff zwischen die Polster im Wohnzimmer, schaute zum zweiten Mal in die Tassen im Küchenschrank, sah unter den Ecken des Wohnzimmerteppichs nach.

Schließlich machte sie sich mit den Gedichten auf den Weg zur Buchhandlung. Und Frau Jeller war so gut und nahm den Band zurück und gab ihr das Geld. Sie folgte Madalyn sogar auf die Straße hinaus nach, sagte, das sei ihr auch schon passiert – obwohl sie ja gar nicht wissen konnte, was Madalyn passiert war –, und sie würde sich sehr freuen, wenn sie wieder einmal bei ihr vorbeischaute. »Wir könnten über Gedichte reden. Ich mag Gedichte auch gern, sehr gern sogar«, sagte sie.

Madalyn war, als hätte sie diesen heiteren Glücksort, kaum gewonnen, schon wieder verloren. Sie lief zur Wienzeile und zur U-Bahnstation Kettenbrückengasse, kaufte im Kiosk eine Wertkarte und gab den Code in ihr Handy ein. Auf der Straße wollte sie nicht telefonieren. Es war zu laut. Zu Hause wollte sie auch nicht telefonieren. Sie lief zu dem kleinen Park, wo sie Radfahren gelernt hatte.

Eine Mutter und zwei Kinder saßen auf einer Bank. Madalyn verzog sich in den hintersten Winkel. Es dauerte eine Weile, bis ihr Atem ruhig war. Und endlich rief sie die Nummer auf, die achtmal versucht hatte, sie zu erreichen, und drückte auf die grüne Taste.

Moritz Kaltenegger sagte: »Hallo, Madalyn.«

Sie sagte: »Hallo, Moritz.«

9

Schließlich verabredeten sie sich vor dem Urania Kino; das lag auf halbem Weg zwischen ihnen. Moritz' Tante wohnte im zweiten Bezirk in der Nähe des Praters. Es war ihnen am Ende kompliziert geworden, einen Treffpunkt auszumachen, vor lauter Vorsicht und Rücksicht und Verlegenheit. Seine Stimme am Telefon war jedes Mal in die Höhe gesprungen, wenn er ihren Namen aussprach, und ihrer Stimme war es nicht anders ergangen bei seinem Namen; manchmal hatte sie ein wenig nachgeholfen, um es ihm gleichzutun. Auch von seiner Tante hatte er erzählt und wie es dort sei, und vom Freund seiner Tante. Madalyn traute sich nicht, ihn zu fragen, ob er sie sehen wolle, und sie bangte auf ein Wort von ihm, aus dem sich etwas heraushören ließe, das mit ihnen beiden, nur mit ihnen, zu tun hatte. Dann hätte sie nämlich gesagt, darüber kann man am Telefon nicht gut sprechen, und er hätte vielleicht gesagt, er wolle sie sehen. Sie redeten über die Schule und die Mitschüler und die Professoren, was sie nun wirklich nicht interessierte und ihn sicher auch nicht. Dafür hatte er sie bestimmt nicht achtmal angerufen – achtmal in einer halben Stunde! Und plötzlich war alles gesagt und Stille. Sie hörte seinen Atem, wie es geschieht, wenn man die Hand über das Telefon hält. In der Aufregung fand sie nicht einen einzigen brauchbaren Gedanken mehr und erinnerte sich an nichts, worüber sie in der Schulpause gesprochen hatten und was sie nun hätte aufnehmen und weiterspinnen können.

So saß sie, das kleine verdammte Ding am Ohr, das ihr so viel Unglück und Ärger gebracht hatte und jetzt Glück brachte, vielleicht.

Er fing wieder an.

Er habe sich so gefreut, dass sie ihn angesprochen habe, sagte er, er hätte sich das nie getraut. Sie sagte, das glaube sie ihm nicht, er habe sicher gar nicht gewusst, dass es sie überhaupt gebe. Er sagte, das sei falsch, das sei auf jeden Fall falsch. Sie hörte hinter seiner Stimme die Rettung vorbeifahren. Stand er auf der Straße? Warum war er auf der Straße? Konnte er dort, wo er wohnte, nicht telefonieren? Oder war er gerade auf dem Weg irgendwohin, zu den wilden Hunden, die seine Freunde waren? Das wäre schade, dachte sie, dann hat er keine Zeit für mich. Dass er schon ein paar Mal probiert habe, sie zu erreichen, sagte er. Er sagte aber nicht, woher er ihren Namen und ihre Nummer wusste. Das soll auch sein Geheimnis bleiben, dachte sie. Sie sah ihn in ihrem Arm liegen und sah, wie sie ihn wiegte, wie sie immer wieder seinen Namen sagte und wie sie ihm zuflüsterte, dass er bei ihr weinen könne, wenn er es wolle, denn sie zweifelte nicht, dass er es wollte, und auch nicht, dass sie die einzige war, die das wusste, und die einzige, bei der er sich nicht zu schämen brauchte. Von Gedichten sprachen sie kein Wort. Er sollte nicht denken, es gehe ihr nur um sein Gedicht. Schon *auch* um sein Gedicht ging es ihr, aber nicht *nur*. Wär's besser, er würde denken, sie interessiere sich für ihn, weil ihr sein Gedicht gefiel, oder sein Gedicht gefalle ihr, weil sie sich für ihn interessierte?

»Ich möchte dich gern sehen«, sagte sie nun doch, drückte die Augen zu und hielt die Luft an und presste die Fingernägel in den Daumen. Dachte, die Spur werde ich heute in der Nacht noch sehen. Was wird dann sein? Sie sagte etwas und fügte seinen Namen an, und ihr Herz schickte feine Stiche nach allen Seiten aus, die bis in die Hand zu spüren waren, ein Schmerz, den sie immer haben wollte und zugleich nie wieder: seinen Namen zu hören, und sei's von ihrer eigenen Stimme; ihn nur zu hören und ihn nicht zu sehen. Als hätte sie ihn schon einmal wenigstens richtig gesehen. Das habe ich nicht, dachte sie, ihn *wirklich* gesehen habe ich nicht, und ihr wurde unbequem im Kopf, weil sie sich nun gar nichts mehr erklären konnte. Hätte ich es nur nicht gesagt, dachte sie. Eine

Pause wünschte sie sich; dass sie beide auflegten und erst in einer Viertelstunde weitersprächen.

Man könnte am Donaukanal entlangspazieren, sagte er. Er würde ihr gern etwas zeigen.

»Was denn?« fragte sie.

»Das sag ich dir nicht.«

Madalyn schlang die Arme um ihren Körper, neigte den Kopf zur Schulter, presste das Handy mit der Schulter gegen ihr Ohr. Sie wusste nicht mehr genau, wie er aussah. Wie hatte sie das vergessen können! Nicht einmal seinen Mund brachte sie in der Erinnerung hundertprozentig zusammen. Etwas in ihr drängte schon die ganze Zeit danach, den Tonfall seiner Stimme zu imitieren – das war ein Tick, und sie hatte schon oft einen Beifall dafür eingefahren: Stimmen nachahmen –; er könnte meinen, sie spotte über ihn. Gut, dass mir das rechtzeitig eingefallen ist, dachte sie; darauf musste sie achtgeben, das Nachahmen geschah manchmal automatisch und gerade, wenn ihr an jemandem gelegen war.

»Gehen wir gleich los?« fragte er.

»Ich fahr mit der U-Bahn«, sagte sie.

»Ich mit dem Rad«, sagte er.

»Ich könnte auch mit dem Rad.«

»Also?«

»Doch lieber mit der U-Bahn.«

»Auflegen und los?«

»Auflegen und los«, sagte sie.

»Auflegen und los.«

Sie sah ihn, bevor er sie sah. Sein Fahrrad lehnte an der Wand, er stand davor, eine Hand auf der Lenkstange, die andere auf dem Sattel. Die Beine hatte er überschlagen. Zwischen den Lippen hielt er eine Zigarette, sie zeigte steil nach oben. Der Rauch stieg ihm in die Augen, er zwinkerte. Seine Haare waren feucht und verstrubbelt. Madalyn nahm sich vor, ihn zu fragen, wo man eine so lässige Jacke herbekommen könne, sie würde sich auch gern so eine kaufen. Wenn es auf einmal wieder still würde zwischen ihnen – nicht schön still, wie sie es sich die ganze Fahrt über ausgemalt hatte, eine schöne Stille würde sie spielend aushalten, sondern so ein stilles gefährliches Nichts, das alles verschluckte, was einem in den Sinn kam –, dann würde sie, um eine Brücke über das Nichts zu bauen, das mit der Jacke sagen und eventuell fragen, ob die Farben absichtlich die gleichen wie bei Red Bull seien und ob er die Jacke deshalb gekauft habe, und so. Wenn er antwortete, das sei ihm egal, würde sie sagen, ihr eigentlich auch, es sei ihr nur so in den Sinn gekommen. Es wäre aber besser, erst gar nicht damit anzufangen. Wenigstens *ein* Thema wollte sie vorbereiten, falls sie beide wieder nicht mehr weiterwüssten. Sie konnte sich auf keinen Gedanken konzentrieren. Nichts war mehr in ihr.

Als er sie sah, nahm er schnell die Zigarette aus dem Mund und warf sie auf den Boden. Er kam auf sie zu und gab ihr die Hand. Das würde sonst keiner tun, dachte sie. Seine Hand war kalt, wie sie es erwartet hatte, eine große Hand.

»Hallo, Madalyn«, sagte er wieder.

»Woher kennst du meinen Namen?« fragte sie nun doch.

Er lächelte und zuckte mit der Achsel. Er gefiel ihr sehr gut, wieder besonders sein Mund.

»Niemand hat so einen Namen«, sagte er, »das ist ein toller Name. Jeder weiß, wie du heißt, jeder in unserer Klasse. Einen Namen, den es oft gibt, vergisst man leicht, weil man ihn leicht verwechselt mit anderen Namen, die es auch oft gibt. Wenn einer Meier heißt, denkt man sich, hat der jetzt Meier oder Müller geheißen, man vergisst das leichter, als wenn einer einen komplizierten Namen hat, bei dem man zuerst nicht einmal genau weiß, wie man ihn aussprechen soll.«

»Meinst du?«

»Das ist so. Ja, ich denke, das ist so.«

Sie war sich nicht sicher, ob er das ernst meinte. Oder ob er sie aufziehen wollte. Aber sie würde ihm deswegen nicht böse sein.

»Moritz gibt es auch nicht oft«, sagte sie.

»Öfter als Madalyn auf jeden Fall. Es gibt hundertprozentig niemanden an der ganzen Schule, der sonst noch eine Madalyn kennt. Ich glaube, du bist in ganz Wien die einzige Madalyn.«

Der Gedanke erschreckte sie. Und es erschreckte sie auch zu sehen, wie nervös er war. Das braucht er doch nicht zu sein, dachte sie. Wenn sie sehr nervös war, neigte sie dazu, aufzugeben, sich zurückzuziehen, einfach abzuhauen; weil sie fürchtete, es nicht länger auszuhalten. Sie hatte schon Schularbeiten geschwänzt und Ausreden erfunden, nur weil sie so nervös gewesen war; einmal hatte sie in der Stunde vor einer Schularbeit eine Ohnmacht vorgetäuscht, die ihr übrigens jeder geglaubt hatte. Die Idee, auf der Stelle ein neues Leben zu beginnen, unter anderem Namen, in einem anderen Land, einem anderen Kontinent, Afrika zum Beispiel, ohne Eltern, mit nur wenig Englisch, hatte ihr in solchen Situationen ein bisschen Gleichgültigkeit zurückgebracht. Die Szenarien endeten jedes Mal mit ihrem Tod, aber das war ihr kein Grauen. Sie wusste nicht warum, aber sie glaubte, dass Moritz wie sie war, daran glaubte sie fest; dass er dachte wie sie, empfand wie sie, die gleichen Filme mochte, Spaghetti mit purer Tomatensoße; dass es ihm also zuzutrauen war, dass er sich umwandte, auf sein Rad stieg und davonfuhr. Nur, er würde wirklich auswandern und es sich nicht nur ausdenken. Alles, was sie über ihn wusste, sprach dafür.

Hinter der Urania führte in einem langen Bogen ein Radweg an der Kaimauer entlang hinunter zum Donaukanal. Ob sie sich traue, mit ihm auf dem Fahrrad zu fahren, fragte er. Sie müsse sich aber auf die Querstange setzen, weil der Gepäckträger abgerostet sei.

Er hielt ihr das Rad, und sie stieg auf und klammerte sich an die Lenkstange und verankerte ihre Füße am Fahrradrahmen. Erst schob er sie ein Stück, dann nahm er Anlauf und schwang sich auf den Sattel und trat gleich heftig in die Pedale. Es ging abwärts, und sie bekamen ordentlich Geschwindigkeit.

»Magst du das?« rief er. »Magst du das? Ich mag es wahnsinnig gern!«

Am liebsten hätte sie geschrien. Sie hatte Angst und fühlte sich unwohl. Mit der Brust berührte er ihre Schulter. Sie beugte sich vor, seine plötzliche Nähe irritierte sie, und er war ihr fremder als je zuvor. Fremd war er ihr bisher nicht gewesen. Am liebsten wäre sie abgesprungen und davongelaufen. Sie hörte seinen Atem nahe an ihrem Ohr und beugte sich noch weiter über die Lenkstange. Ein Mann und eine Frau kamen ihnen entgegen, sie sprangen zur Seite, Madalyn erwischte ein helles, freundlich lächelndes Gesicht.

»Unten möchte ich wieder absteigen«, sagte sie.

»Ich wollte auch nur das Stück, weil man so ein Tempo draufkriegt«, sagte er.

Er bremste, sprang vom Rad und hielt es fest.

Madalyn blieb sitzen. Jetzt war alles gut. Jetzt mochte sie es, dass seine Hände dicht neben ihren auf der Lenkstange lagen und seine Brust in der ganzen Breite ihre Seite berührte. Er roch nach Zigarettenrauch. Das war ihr angenehm.

»Warum hast du dir die Haare geschnitten?« fragte er. Er schob nun das Rad, ging dabei sehr langsam, und weil es leicht abschüssig war, zog er immer wieder die Bremsen.

»Woher weißt du das?« fragte sie.

»Deine Haare waren wie dein Name«, sagte er. »Nur eine hat so Haare gehabt wie du.«

»Was für welche denn?«

»Solche wie du eben.«

»Was für welche denn?« fragte sie noch einmal.

»Große Haare irgendwie.«

»Ja, ziemlich große, leider.«

»Ich kenne keinen Menschen, der so viele Locken auf dem Kopf hat wie du.«

»Jetzt eh nicht mehr.«

»Sie wachsen eh wieder«, sagte er.

»Mir steht es so viel besser«, sagte sie. Sie hatte keinen Kummer, dass ihm ihre Haare, wie sie nun waren, nicht gefallen könnten. Lockig waren sie auf jeden Fall, jetzt eher geringelt, sie sah älter aus. Kurz waren sie eindeutig schöner. Alle in ihrer Klasse hatten das bestätigt. Ihre neue Frisur war *die* Überraschung des Tages gewesen. Inzwischen hatte sich auch eine andere die Haare schneiden lassen; sie würde zwar sagen, das habe nichts mit Madalyn zu tun, aber es genügte ja, wenn es die anderen sagten. Es war unbestritten, dass man der Madalyn mit kurzen Haaren mehr zuhörte als der Madalyn mit großem Lockenkopf. Ihr Vater als Beweis: Als er an jenem Abend nach Hause gekommen war, hatte er sie im ersten Moment nicht erkannt. Das hatte er sogar zugegeben. Und er war irgendwie anders gewesen, auf alle Fälle freundlicher, zuvorkommend; als ob sie etwas Fremdes an sich hätte, das ihn verunsicherte und ihm Respekt einflößte. Nachdem sie sich ausgiebig im Spiegel betrachtet und sich ihr Bild in einem Dutzend Lebenslagen, Gefühlszuständen und Schnappschüssen vorgeführt hatte, war ihr klargeworden, dass sie mit dem Wuschel immer wie ein Kind ausgesehen hatte, niedlich, trotzig, drollig. Und dann kommt es, dass man wie ein Kind geht und mit den Händen tut wie ein Kind und zuletzt auch so spricht – manchmal hätte sie sich die Lippe durchbeißen wollen. Wenn sie sich nun zufällig in einem Schaufenster sah, kam ihr vor, alles an ihr war anders geworden. Schon nach wenigen Tagen war alles an ihr anders geworden, besser.

Moritz hielt an, und sie stieg vom Rad.

»War es das, was du mir zeigen wolltest?« fragte sie.

Er schüttelte den Kopf und präsentierte das Grinsen, bei dem man in einem Mundwinkel seine Zähne sehen konnte.

»Magst du auch eine Zigarette?« fragte er.

»Nein«, sagte sie.

»Hast du noch nie geraucht?«

»Nein.«

»Ich will es mir eh abgewöhnen«, sagte er und steckte die Zigarette wieder in die Schachtel zurück.

10

Die Überraschung war ein Graffito, das Moritz vor ein paar Tagen erst an die Mauer auf der anderen Seite des Donaukanals gesprüht hatte. Es füllte ein ganzes Mauersegment aus, fünf Meter hoch, sieben Meter breit, und bestand im wesentlichen aus den vier Buchstaben L, E, S und S, die blendend weiß, von schwarzen Schatten umrahmt, den oberen Teil des Graffito bildeten. Der Hintergrund war hellblau, darunter stand *is novb* oder *is movd* oder *is morb*, das konnte Madalyn nicht eindeutig entziffern.

»Less bin ich«, sagte Moritz. »Das ist mein Nickname. Wie findest du's?«

Neben dem Bild war eines, das eine comicartige Hexe zeigte, giftgrün, in einem schwarzen Kleid, die auf einem Besen an Wolkenkratzern vorbeiritt, die alle Gesichter hatten, staunende, zornige, doofe, traurige.

»Unheimlich«, sagte Madalyn. »Irgendwie unheimlich.« Aber sie meinte mehr die Hexe als die vier großen Buchstaben – die über die Mauer bis zum Gehsteig hinaufreichten, als wären sie aus dem Asphalt geronnen oder unter den Straßenbelag geschoben worden, damit sie nicht herunterfallen. Genau, so hat er es gemeint, dachte sie, jetzt verstehe ich es erst. Und das Schwarze um die Buchstaben herum waren keine Schatten, sondern Seitenansichten, nämlich so, als ob die Buchstaben wie große Klötze aus der Wand herausragten. Aber erst weiter unten wurden sie zu Klötzen, nach oben zu wurde das Schwarze schmaler, und auch Falten waren hineingesprüht worden, nämlich so, als ob die Buchstabenklötze oben zusammengedrückt worden wären. Jetzt verstehe ich es erst, dachte sie.

»Wie hast du das gemacht?« fragte sie. »Das ist ja unheimlich hoch. Hast du von oben und von unten gemalt?«

»Mit einer Leiter. Nur von unten. Von oben wäre zu gefährlich, und man müsste spiegelverkehrt denken. Ich habe irgendwo zwei Holzleitern aufgetrieben und dazu eine kurze dritte, und die habe ich mit einem Textilklebeband zusammengebunden.«

»Und hat dir jemand geholfen?«

»Kein Mensch. Und alles in der Nacht, wo man fast nichts gesehen hat. Ich habe die Leitern ans Rad gehängt und einen Kübel mit der weißen Farbe und zwei große Billasäcke voll mit den Dosen. Kannst du dir vorstellen, wie viele Dosen man braucht für so eine große Fläche? Du musst auch eine Mund- und Nasenmaske aufsetzen, weil das alles unheimlich giftig ist. Und wenn in der Nacht einer vorbeigeht, und der sieht dich mit der Maske, du schaust aus wie ein Terrorist, der ruft mit seinem Handy gleich die Polizei, und die drücken dir gleich die Puffen an die Stirn, danke. Ein irrer Stress. Normal macht einer das nicht allein. Immer ist ein anderer dabei und passt auf. In einem habe ich das alles gemacht und allein, ohne Pause, von nachts um zwei bis nachts um vier. Aber ich habe mir vorher eine genaue Zeichnung gemacht. Ich tu das so gern, ich tu das unheimlich gern. Es ist das Größte, was ich gemacht habe. Am Anfang bin ich dreimal am Tag hergefahren und habe es mir angeschaut. Ich hätte mich stundenlang hinstellen können und es anschauen, es ist so ein gutes Gefühl. Jetzt ist es mir eh schon nicht mehr so wichtig. Meistens ist es nämlich so, dass so ein Graffito höchstens einen Tag bleibt oder zwei oder drei, und schon übersprayt es jemand.«

»Aber das ist doch gemein.«

»Nein, nein, das ist so, das mache ich auch, das ist so. Wenn einer kommt und denkt sich, ich habe etwas Besseres, dann geht er drüber, das mache ich auch so. Aber bei den extrem Guten traut man sich nicht, oder man will es eben nicht, weil es einem selber gefällt und man will, dass es bleibt.«

»Mir gefällt es sehr gut«, sagte Madalyn.

»Dort drüben ist es eigentlich verboten«, sagte er, »dort darf man eigentlich nicht sprayen. Auf unserer Seite darf man, aber hier ist halt auch nicht so ein schöner Platz, die Bäume stehen davor zum Beispiel. Wenn sie drüben einen erwischen, muss er zahlen. Ich habe noch nie zahlen müssen.«

»Ein richtiges Kunstwerk«, sagte sie.

»Ja, das ist es schon«, sagte er.

Er hatte das Rad abgestellt. Sie standen nebeneinander, berührten den Oberarm des anderen, sahen hinüber auf die andere Seite des Donaukanals, und nun trat die Stille ein, vor der sich Madalyn gefürchtet hatte. Sie spürte, wie Moritz immer wieder ansetzte. »Ja«, sagte er, und: »Genau.« Aber das war so gut wie nichts. Entweder es fiel ihm nichts ein, oder er zweifelte, ob er, was er sagen wollte, tatsächlich sagen wollte.

Er griff nach ihrer Hand, und alles war gut.

»Du kannst malen und Gedichte schreiben«, sagte sie, und ein Glück war, dass sie sich nicht mehr zu verstellen brauchte, »das ist toll, das ist wirklich toll.«

Und nun erzählte er ihr, wie das mit dem Gedicht war. Nämlich wie es wirklich gewesen sei. Er habe, sagte er, dieses Gedicht nicht geschrieben. Die L und E und S und S leuchteten herüber, als wären sie Lettern auf der Urkunde eines Zeugen. Moritz kicherte, hoch in der Stimme kicherte er, mit mehr Luft als Ton. Frau Prof. Petri, erzählte er, habe über Gedichte gesprochen, eine ganze Stunde lang habe sie ausschließlich über Gedichte gesprochen, auch über Songs, und dass Songs auch Gedichte seien und dass sie der Meinung sei, dass noch nie so viele Gedichte auf der Welt geschrieben worden seien wie heute. Sie hatte vorgeschlagen, jeder in der Klasse solle sich ein Gedicht besorgen, das Internet sei voll von Gedichten, das könne man sich ausdrucken und in die Hosentasche stecken und immer wieder herausziehen und lesen, in der U-Bahn, oder wenn man an der Kasse im Supermarkt wartet oder wenn der Spielfilm im Fernsehen von Werbung unterbrochen wird. Sie ließ Kopien mit einer Reihe von Internetadressen herumgehen und sagte, sie habe das einmal ein ganzes Jahr lang durchgezogen, jede Woche ein anderes Gedicht in der Tasche, es sei wunderbar gewesen. Nach der Stunde liefen alle in den Medienraum und suchten im Netz. Er, Moritz, habe das nicht getan. Er habe sich zu Hause in der Nacht an den Computer seiner Tante gesetzt, und nach zwei Stunden habe er endlich ein Gedicht gefunden, das ihm einigermaßen gefallen habe. Aber jetzt: Der Drucker seiner Tante war im Arsch, und so hatte er das Gedicht mit der Hand abgeschrieben. In der nächsten Deutschstunde hatten alle ihre Gedichte herausgezogen, alles Ausdrucke, nur seines war mit der Hand geschrieben. Weil er erst seit kurzem in der 5 b sei, halte er sich eigentlich immer ziemlich zurück, außerdem sei seine Handschrift Scheiße, das brauche nicht jeder zu sehen, und so sei er erst nach der Stunde zur Petri hin und habe ihr das Gedicht gezeigt und sie gefragt, was sie davon halte. Irgendwie musste sie das falsch verstanden haben. Sie las das Gedicht und sagte, sie sei beeindruckt. Sie gratulierte ihm sogar. Und er habe gedacht: Aha, habe ich eine gute Wahl getroffen. Er hatte es sich nicht leicht gemacht, hatte zwanzig Gedichte gelesen oder mehr, war von einer Website zur nächsten gesurft und hatte sich schließlich für dieses eine entschieden. Frau Prof. Petri sagte, es sei um kein Haar schlechter als die Gedichte, die aus dem Internet geladen worden seien. Da hätte er sagen müssen, halt, meines ist auch aus dem Internet. Aber er hatte eine lange Leitung gehabt. Er war gar nicht auf den Gedanken gekommen, sie könnte meinen, er habe das Gedicht selber geschrieben. Er sei nie in seinem Leben auf die Idee gekommen, ein Gedicht zu schreiben, wieso auch. Aber genau das hatte sie gemeint und zwar nur, weil seines als einziges mit der Hand geschrieben worden war. Irgendwann habe er schon überrissen, dass hier ein Missverständnis vorlag. Aber da war es zu spät.

»Ich meine«, sagte er, »ich meine, sie hätte blöd ausgeschaut. Sie, nicht ich. Ich vielleicht auch, aber nicht so blöd wie sie. Das wollte ich nicht. Verstehst du, Madalyn? Sie hat sich so hineingesteigert. Hat mir das Gedicht vorgelesen, laut, und jetzt sind auch schon andere um uns herumgestanden.«

Er neigte sich auf ihren Arm nieder, fasste sie an der Schulter, drehte sie zu sich und sah ihr in die Augen, und sie hielt seinem Blick stand und war nicht erschrocken über das, was er ihr soeben erzählt hatte.

»Das Bild dort drüben ist von mir«, sagte er, »aber das Gedicht nicht. Es tut mir leid, Madalyn. Sie hat so übertrieben. Ich habe eh etwas sagen wollen. Die ganze Zeit. Und irgendwann ging das nicht mehr. Es wäre gewesen, als hätte ich alle verarscht, verstehst du. Sie wollte einfach, dass ich das geschrieben habe. Aber ich habe es nicht geschrieben. Und alle haben mich angeglotzt. Du bist jetzt die einzige, die das weiß«, sagte er und ließ sie los.

Sie hatte bis zu diesem Tag nicht ein einziges Mal über Gedichte nachgedacht. Gedichte waren ihr wie irgendwas. Und es war ihr recht, dass Moritz Kaltenegger kein Dichter war. Aber dass er es ihr gestanden hatte, als einzigem Menschen auf der Welt, das war schön.

»Das macht doch nichts«, sagte sie.

»Aber das Bild ist von mir«, sagte er.

»Es ist total interessant«, sagte sie.

»Ich komme jeden Tag hierher und denke, vielleicht hätte ich irgend etwas anders machen sollen, aber ich denke, ich hätte überhaupt nichts anders machen sollen.«

»Es ist ein unheimlich schönes Bild«, sagte Madalyn. Was die Buchstaben unter dem großen LESS bedeuteten, vergaß sie zu fragen.

11

Moritz wollte sie nach Hause begleiten. Aber das wollte sie nicht. Er gab ihr die Hand, wie er es bei der Begrüßung getan hatte, setzte sich aufs Rad und fuhr davon. Madalyn sah ihm nicht nach. Als sie sich umdrehte, war er verschwunden.

Sie steckte die Hände in die Taschen, hob den Kopf, wusste, dass sie aussah wie ihr Bild zu Hause im Spiegel, als sie eine glückliche junge Frau gespielt hatte. Sie war froh, dass sie allein war. Es war zu viel auf einmal, und wenn noch mehr dazugekommen wäre, hätte sich womöglich eins mit dem anderen vermischt. Hier unten nahe beim Wasser, nahe bei den Bäumen war mehr Frühling als oben in der Stadt; aber auch der Staub roch nach Frühling. Sie verschränkte die Arme und zog ihre Achterschleifen und rief sich jede Einzelheit zurück; begann mit dem Augenblick, als sie ihn vor der Urania hatte stehen sehen, die Jeans unten zerfetzt. Sie meinte, seine Gedanken erraten zu können; was er in diesem Moment dachte, es war leicht für sie, es zu sortieren. Sie konnte ihn besser verstehen als sich selbst. Und sie fand sich selbst ein bisschen interessanter als ihn. Er kennt sich bei sich selber aus, dachte sie. Das aber könnte heißen, es hat ihn nicht so erwischt wie mich. Wenn es einen erwischt, kennt man sich nicht aus. Andererseits hat er zuviel geredet, und das tut man, wenn man sich nicht auskennt. Aber was wird daraus werden? Das hieß noch lange nicht, dass er in sie verliebt war. Und ich habe fast nichts gesagt, dachte sie. Sie glaubte, bereits eine Eigenart von ihm zu kennen, jetzt schon, nach so kurzer Zeit: dass er, wenn er etwas Längeres sagte, einem zu Beginn kurz in die Augen sah, den Kopf leicht zur Seite neigte, auf den Boden starrte und erst am Ende den Blick wieder hob. Ihr Vater hatte die Angewohnheit – vor allem im Streit –, die Augen bis zum Ende seiner Rede geschlossen zu halten; das schüchterte Madalyn ein, als würden hinter den Lidern die Blitze geschliffen. Moritz hatte sie nicht eingeschüchtert. Er wird sich denken: Hätte ich nur nicht soviel geredet! »Das brauchst du nicht zu denken«, sagte sie zu sich selbst. »Das brauchst du nicht zu denken«, sagte sie noch einmal. »Das brauchst du nicht zu denken, Moritz. Moritz, Moritz.« Vielleicht würde sie ihm einen Kosenamen geben. Mo oder Mor oder Morris oder Less. Er hatte eine Narbe unterhalb seines Ohrs, einen feinen Strich zwei Zentimeter am Kiefer entlang. War sie so nah an seinem Gesicht gewesen? Seine Augen waren über das ihre geflitzt; aber wenn sie gesprochen hatte, waren sie bei ihrem Mund geblieben.

Nie zuvor war sie an dieser Stelle des Donaukanals gewesen. Sie hätte ebensogut an einem Fluss in einer anderen großen Stadt stehen können. Sie hatte nicht gewusst, dass hier unten Pappeln wuchsen. Einmal war sie zusammen mit ihren Eltern in Mailand gewesen, sie wusste nicht warum, nicht Urlaub, im Urlaub fuhren sie nach Kroatien oder nach Sardinien; in einer anderen großen Stadt aber war sie nie gewesen, nur in Mailand, da war sie noch nicht zur Schule gegangen. Sie kannte nur Wien, und in Wien kannte sie fast nichts. Es roch hier auch nach dem Meer. Wahrscheinlich roch alles große Wasser so. In der Nähe des Praters roch es nach gebrannten Mandeln und nach Bier. Moritz schlief mit seinem Cousin in einem Zimmer. Das hatte er ihr am Telefon erzählt. In der Stuwerstraße Nummer 4 wohnte er, drei Minuten nur bis zum Eingang vom Wurstelprater. Und im Haus vis-à-vis sei unten im Keller eine Art Kirche, wo ein schwarzer amerikanischer Prediger am Sonntag so laut über Gott und alles mögliche brülle, dass man es durch die ganze Straße höre, sogar bei geschlossenem Fenster. Das alles hatte er ihr erzählt. Wie lange hatten sie telefoniert? Ihre Wertkarte wird gleich zu Ende sein. Was dann?

Sie schlenderte bis zum Stiegenaufgang bei der Schwedenbrücke. So viel brach über sie herein, und genau damit hatte sie gerechnet.

Deshalb hatte sie allein sein wollen. Aber jetzt tat es ihr leid, dass er sie nicht begleitete. Wenn ich ihn in einer Stunde oder in zwei wiederträfe, das wäre gut, dachte sie. Sie hatten nichts ausgemacht. Aber das kümmerte sie nicht. Sie fühlte sich frei und entspannt und allem gewachsen. Wie nach einer Schularbeit fühlte sie sich, wenn sie wusste, dass sie eine gute Note bekommen würde.

Oben auf der Straße war es kühler, ein leichter Wind ging. Sie war viel zu dünn angezogen, aber sie fror nicht. Ihre Hände waren kalt, aber sie fror nicht. Sie waren kalt wie seine Hände. Wir haben kalte Hände, dachte sie, wir beide haben kalte Hände. Er hatte nichts zu ihrem Pullover gesagt; aber sie hatte ja auch nichts zu seiner Jacke gesagt. Sie wusste, dass ihr das Rot gut stand und die gelben Streifen hübsch waren. Vielleicht würde sie sich die Haare doch wieder wachsen lassen. Auf dem Display ihres Handys sah sie, dass es schon nach vier Uhr war. Die Sonne leuchtete weiß hinter weißen Wolken, sie konnte hineinsehen, ohne dass es ihr in den Augen schmerzte. Sie war froh, dass sie keine Freundin mehr hatte. Sie wollte es niemandem sagen. Sie nahm sich vor, in Zukunft öfter allein durch die Stadt zu spazieren, durch Gegenden, die sie nicht kannte, zum Beispiel durch Ottakring, durch wilde Straßen, zum Mexikoplatz hinüber, wenn er mit ihr ginge. Von der Brücke aus sah sie die Stelle, wo sie gestanden hatten.

Erst überlegte sie, ob sie vom Schwedenplatz mit der U4 zur Kettenbrückengasse fahren sollte. Sie entschloss sich aber, durch die Stadt zu gehen. Bei der U-Bahn roch es nach Pizza. Dort war ein Stand, um den herum Abfall lag, große Colabecher. Sie hatte Hunger. Der Geruch nach scharf geschmolzenem Käse löste eine solche Esslust in ihr aus, dass ihr schwindelig wurde, was angenehm war; und als sie an einem jungen Mann mit schwarzen, am halben Hintern hängenden Hosen vorbeiging, der Pizzaecken von einem Pappkarton aß, fragte sie, ob er ihr ein Stück abgebe. Sie solle nehmen, sagte er, ohne sie anzusehen. Er kaute und hatte eine Zigarette zwischen den Ringfinger und den kleinen Finger geklemmt. Sie schlang das Stück in drei Bissen hinunter. Sie könne ruhig noch eines haben, sagte er, wieder ohne sie anzusehen. Wenn sie ihn das nächste Mal treffe, sagte sie, sei sie dran.

Ihr fiel ein, dass sie noch die drei Euro dreißig in der Tasche hatte. Sie glaubte nicht, dass jemand zu Hause merkte, dass die zwei Euro dreißig aus der Tasse im Küchenschrank und die fünfzig Cent aus dem Wintermantel ihres Vaters fehlten. Wie bezahlte er seine Zigaretten? Er hatte versucht, einen Automaten aufzubrechen.

»Moritz«, sagte sie. Und schnell darauf: »Moritz.« Für eine halbe Sekunde hatte sie geglaubt, seinen Namen vergessen zu haben, und war sehr erschrocken, und ihr Bauch hatte sich zusammengezogen. Gleich ging es wieder. Sie nahm sich vor, ihn anzurufen, sobald sie zu Hause war. Sie sah sich seine Nummer an, aber die grüne Taste drückte sie nicht. Sie wollte nur seine Nummer sehen. Sie speicherte sie ein unter Kaltenegger Moritz; setzte vor die Nummer 0043 für Österreich, so könnte sie ihn auch vom Ausland aus anrufen. Ich dürfte ihn ruhig anrufen, dachte sie, er ist mir sieben Anrufe voraus, ich würde mir nichts bei ihm vergeben, achtmal hat er mich angerufen und nur, weil ich ihn in der Pause angesprochen habe. Ob er ihr eines Tages erzählen würde, wie das gewesen war, als er zusammen mit seinen Freunden den Automaten aufgebrochen hatte, und wie es bei der Polizei gewesen war? War er jetzt zu diesen Freunden gefahren? Erzählte er ihnen von ihr? Dass sie Madalyn hieß und dass so niemand in ganz Wien heiße? Es machte ihr nichts aus, dass er das mit dem Automaten getan hatte. Und es machte ihr nichts aus, dass er das Gedicht nicht geschrieben hatte.

Sie spazierte am Franz Josefs Kai entlang, vorbei an den Straßenverkäufern, die ihre Zeitungen über den Asphalt gebreitet hatten. Fesch wär's, sich eine Zeitung zu kaufen, nur, um sie unter dem Arm zu tragen, eine Zeitung mit arabischen Buchstaben zum Beispiel oder eine französische Zeitung, am ehesten eine englische, Englisch konnte sie einigermaßen, falls sie jemand anspräche. Bei der Konditorei Aida in der unteren Rotenturmstraße kaufte sie sich eine Cremeschnitte, und sie wusste, sie würde damit nicht genug haben. Sie ließ sich Zeit. Sie hatte Zeit. Ihre Mutter würde erst um

sechs zu Hause sein. Von dieser Seite aus war sie noch nie in die Innenstadt gegangen. Die ersten Leuchtreklamen verkündeten ihre Sache in den Himmel hinein.
Es war, als ob Wien eine andere Stadt wäre.

12

Ihr Vater war bereits da. Das war ungewöhnlich, um fünf. Er stand in der Küche und legte Schinkenräder und Emmentalerblätter auf ein Stück Schwarzbrot. Er trug Anzug und Krawatte. Das war ebenfalls ungewöhnlich. Normalerweise zog er sich sofort um, wenn er nach Hause kam, schlüpfte in Jeans und T-Shirt und drehte die Heizung hinauf, wenn die Temperaturen unter sommerlich waren. Und er hatte nicht einen seiner üblichen grauen Anzüge an, sondern den schwarzen, den Madalyn erst ein- oder zweimal an ihm gesehen hatte, einen Dreiteiler, dazu Lackschuhe. Er umarmte seine Tochter, drückte ihren Kopf fest gegen seine Brust. Das war nicht ungewöhnlich. Er bat sie, sich zu ihm zu setzen. Er selbst aber blieb stehen, hielt das Brot mit spitzen Fingern, beugte sich über den Abwasch, als er abbiss. Dazu trank er ein großes Glas Milch. Wo sie denn gewesen sei, fragte er, er sei seit über einer Stunde hier, die Mama komme gleich. Es war kein Vorwurf in seiner Stimme, auch kein großes Interesse. Er hatte Gel in den Haaren und roch stark nach Rasierwasser, zu stark, meinte Madalyn. Ihr Vater besaß zwei Rasierwässer, eines für den normalen Tag und eines für Besonderes; wann Besonderes war, wusste sie nicht, aber das feine hatte sie ihm besorgt, zum Geburtstag, nach dem Rat der Mutter, in einer Parfümerie am Graben, einen kleinen Teil hatte sie aus ihrem Taschengeld dazugelegt.

»Wir sind heute Abend eingeladen«, sagte er. Er lächelte. Die ganze Zeit schon lächelte er.

»Ich auch?« fragte Madalyn.

»Aber nein, wie langweilig für dich. Mama und ich. Wir gehen essen mit Leuten. Sie hat in der Stadt schon lange etwas Schönes gesehen und auch schon ein paar Mal ausprobiert. Das holt sie sich jetzt.«

Der Gedanke, am Abend allein zu sein, erleichterte Madalyn sehr. Im Fernsehen kam die Millionenshow mit Armin Assinger, die sahen sie sich oft an, zu dritt, das war auch meistens schön, sie saß zwischen Mama und Papa, und weil ihr zu den Kandidaten oft etwas Witziges einfiel, wurde sie oft gelobt. Heute hätte sie das nicht gewollt. Allein die Vorstellung, mit ihren Eltern – zwischen ihnen – vor dem Fernseher zu sitzen, löste Panik in ihr aus.

»Und warum machst du dir vorher ein Brot?«

»Damit ich beim Essen nicht so einen Hunger habe.«

»Willst du denn keinen Hunger haben, wenn ihr essen geht?«

»Mir ist lieber, ich kann die anderen beim Essen beobachten und esse selber nur wenig.«

Die Mutter kam mit zwei Einkaufstaschen; und ohne mit Madalyn zu sprechen, verschwand sie im Bad. Als sie wieder herauskam, war es draußen dunkel. Der Vater war ungeduldig, und Madalyn war es auch. So ungeduldig war sie, dass sie hätte schreien wollen.

Als die beiden gegangen waren, holte Madalyn ihr Rad aus dem Fahrradkeller und fuhr durch die Stadt zum Donaukanal. Sie fuhr über die Schwedenbrücke, befestigte ihr Rad mit der Kette am Geländer, lief über die Stiege hinunter und ein Stück weit am Fluss entlang, bis sie LESS erreichte. Das riesige Gemälde wurde von einer Laterne ausgeleuchtet, das Weiß schimmerte majestätisch. Er hat sich einen guten Platz ausgesucht, dachte sie, und dachte: Warum eigentlich LESS? Was meint er, wenn er sich LESS nennt? Auch aus der Nähe konnte sie nicht entscheiden, ob die Zeichen unter dem große Weißen *is novb*, *is movd* oder *is morb* meinten. In der unteren rechten Ecke des Bildes, auf Augenhöhe, stand noch etwas, zu klein, um es von der anderen Seite des Donaukanals aus zu sehen, und das konnte sie eindeutig entziffern: FÜR CLAUDIA.

13

Sie meinte, sie müsse sich übergeben. Sie hatte etwas vergessen, das stand nun da. Ein Schluckauf, und es stand da. Der Tag und die Tage davor rückten zu einem neuen Bild zusammen, wie von einem anderen Balkon aus fotografiert: Vergessen hatte sie, dass sie Moritz ja schon längst kannte, dass sie ihn wahrscheinlich schon oft gesehen hatte, im Schulhof und auch auf der Straße. Längst bevor sie ihn bei der Rahlstiege angesprochen hatte, waren ihr sein Gesicht, seine Haltung, seine immer gleiche Kleidung bekannt gewesen. Sie hatte es nur vergessen. Sie meinte sogar, schon einmal mit ihm gesprochen zu haben. Er war es gewesen, der sie vor einem Monat oder so vor dem Chemiesaal gefragt hatte, wo er die Direktorin finde. Sie hatte ihn vergessen. Gesehen, vergessen, gesehen, vergessen. Und warum auf einmal nicht mehr vergessen? Sie hatte den einen beiseite geschoben, als der andere kam – der, in den sie verliebt war, bevor sie ihm zum ersten Mal begegnete; wie wenn die beiden nicht die gleichen wären. Und dazu der, der beim Aufbrechen eines Zigarettenautomaten erwischt worden war, für den sich die gesamte Klasse – mit einer Ausnahme – interessiert hatte, als hätte er das Ding in einem Film an der Seite von Denzel Washington und Johnny Depp und nicht in der Wirklichkeit am Südbahnhof gedreht – *sie* war die Ausnahme gewesen, *sie* hatte sich nicht für ihn interessiert. Seine Haare waren länger gewesen. Sie sah ihn vor sich, krumm, die Hose weit unten, nicht schön eigentlich, verkrümmt irgendwie war er vor ihr gestanden, eine Hand flach auf dem Kopf, die Haut am Hals gerötet. »Hast du eine Ahnung, wo die Direktion ist?« Wie sollte sie keine Ahnung haben, wo die Direktion ist, wo sie schon seit vier Jahren in dieser Schule war! Aber das konnte er nicht wissen. Hatte er gedacht, sie könnte eine sein wie er? Und hatte deshalb sie gefragt und keine andere? Und hatte sein Gesicht nicht eine Härte gehabt, die inzwischen verschwunden war? Es war gemunkelt worden – auch das fiel ihr jetzt wieder ein –, er werde für einen Probemonat in die Schule aufgenommen, er stehe aber unter Beobachtung, müsse sich jeden Tag bei der Direktorin melden und einmal in der Woche bei der Polizei. Darüber war diskutiert worden. Sie hatte sich dagegen ausgesprochen, so einen in die Rahlgasse zu lassen, er war aus einem anderen Gymnasium geflogen, was ist dort anders als hier; das widerspreche dem »Gleichheitsgrundsatz« (es war der Standpunkt ihres Vaters gewesen, den sie wiedergegeben hatte, in Mimik und Tonfall ihren Vater exakt imitierend). Und nun erinnerte sie sich so deutlich, als sähe sie sich selbst auf der Leinwand, wie sie zusammen mit Bea Haintz und anderen vor der Klasse gestanden und wie jemand gesagt hatte: »Das ist er.« Er war als letzter über die Stiege heraufgekommen, die Hände vergraben in seiner Red Bull-farbenen Jacke, den Kopf gesenkt, Zigarettengeruch hinter sich herziehend. Er hatte zu ihnen herübergeschaut, eine Hand lässig aus der Tasche gezogen und mit Daumen und Zeigefinger gegrüßt, eigentlich auf sie gezielt und gegrinst. Und nichts, nicht das geringste hatte sie an ihm interessant gefunden, außer, dass sein Hals nun nicht mehr gerötet und sein Haar gestutzt war. Sie wusste auch, wer Claudia war – gesehen, vergessen, gesehen, vergessen –, und wusste natürlich auch, dass sie in Moritz' Klasse ging. Sie war eine Turnerin, eine ziemlich gute, hatte die Schule bei Wettkämpfen vertreten und auch schon die Schüler der Stadt Wien, in Tschechien war das gewesen, wenn sie sich nicht irrte; mehr aber wusste sie nicht.

Sie ertrug den Anblick des riesigen, im Laternenlicht schimmernden Bildes nicht mehr. Bei jedem Schluckauf stieß sie einen kleinen Schrei aus, der ließ sich nicht abwehren und klang so bitter komisch. Die Widmung war wie von Blut geschrieben. Mit Absicht? Und wenn, mit welcher Absicht? Sollte Blut heißen: für immer? Und warum hatte er eine andere achtmal in einer halben Stunde angerufen? Sie kehrte dem Bild den Rücken zu, setzte sich auf den Weg, dicht am Kanal, verschränkte die Arme auf den Knien und schluchzte. Wie konnte sie das nur vergessen haben? Nun war allem das Besondere genommen. Als sie ihn in der Pause angesprochen hatte – das war, sie hielt die Armbanduhr in das Licht der Laterne, das war vor zehn Stunden und fünfundvierzig Minuten gewesen –, war er der einzige und erste, dem sie zum ersten Mal begegnete. Als hätte er in diesem Moment alle anderen, die er sonst noch war, ausgelöscht. Und wäre für sie dorthin gestellt worden. Woher hätte sie denn sonst wissen sollen, dass der dort es war, der das Gedicht geschrieben hatte, das er gar nicht geschrieben hatte? Sie hatte gewusst: Der ist es. Es war auf seiner Stirn gestanden, und nur sie hatte die Augen gehabt, es zu lesen. Und hatte ihn doch erst wenige Tage zuvor auf der Gumpendorferstraße gesehen, den Arm um ein Mädchen geschlungen, ein Mädchen mit sehr langen, sehr glatten Haaren, blond, fast gelb. Jetzt wusste sie, wie dieses Mädchen hieß – hinter ihr stand es an die Wand geschrieben; aber sie wusste nicht, was sie tun sollte.

Sie blickte zur Urania hinüber; sie konnte den Weg, den sie gemeinsam gefahren waren, in der Dunkelheit nicht von der Mauer unterscheiden. Für eine Minute, eine halbe Minute, war er ihr auf die Nerven gegangen; als er sich über sie gebeugt hatte. Wär's nur nicht gewesen! Hätte sie nur zugelassen, dass er seinen Kopf an den ihren drückte! Das fehlte jetzt. Daran war sie schuld. Die Stadt leuchtete in den Himmel hinauf, die Märzluft war diesig, auf der Brücke ging eine Gruppe junger Leute, die lachten schrill, einer äffte den anderen nach; sie wäre nicht gern mit ihnen gewesen. Immer die gleichen Gedanken kamen, und jeder tat jedes Mal, als wäre er neu, und jeder traf jedes Mal eine Stelle, auf die bisher nicht geschlagen, in die bisher nicht gestochen worden war. Hätte sie nur ihr Handy mitgenommen! Von hier aus hätte sie ihn angerufen. Vor seinem Bild. Vor »Für Claudia«. Und weiter? Was hätte sie gesagt? Sie fror durch ihre Jacke hindurch, zitterte an Händen und Armen und über die Schultern hinauf und bis in die Rippen hinein und durch den Hals hinunter in die Lunge. Sie hustete, und es schmerzte in der Brust. Ihr Mund verzog sich, wie sie es unter keinen Umständen wollte, weil sie hässlich dabei aussah. Andere brauchten sich nicht anzustrengen, um hübsch zu sein, die waren es, und sie konnten heulen und blieben es, konnten sich in jedem Augenblick jedem zeigen und blieben immer hübsch. Es tat so weh, so weh, sie wusste nicht, was sie tun sollte, und wusste nicht, wo es weh tat, wo sie hätte die Fäuste daraufpressen sollen. Sie beugte sich vor, stürzte ihr Gesicht in die Hände.

Ein Mann und eine Frau blieben bei ihr stehen, fragten, ob etwas mit ihr sei, ob sie helfen könnten.

»Warum?« fragte Madalyn.

»Hast du etwas genommen?« fragte die Frau.

»Nein, gar nichts«, sagte Madalyn. »Ich schau nur ins Wasser.« Ihre Stimme war ruhig und tief, als spräche eine andere aus ihr. Sie hatte geglaubt, ihre Stimme nicht in der Gewalt zu haben, dass ihr nur die Wahl zwischen Schreien und Schweigen bleiben würde. Sie probierte sie gleich noch einmal aus. »Ich warte auf meine Schwester«, sprach es aus ihr wie die Erzählstimme in einem Tierfilm. »Sie kommt gleich. Sie geht mit dem Hund. Ich wollte lieber hier sitzen. Es ist so schön, wenn der Frühling kommt.«

»Ein bisschen kalt«, sagte die Frau. Offensichtlich misstraute sie der Situation. »Du wirst dir die Blase erkälten.«

Madalyn stand auf. »Geht schon. Sie kommt eh gleich.« Am liebsten hätte sie weitergesprochen, vom Hund erzählt, den es nicht gab, von der Schwester, die es nicht gab, dass sie zu Hause zu viert seien, zwei Brüder dazu, und dass ihre Eltern vor einer Woche erst bei einem Verkehrsunfall ums Leben gekommen seien.

Die Frau drehte sich noch einmal zu ihr um. Madalyn streckte ihr nicht die Zunge heraus. Sie sagte einen Unsinn laut vor sich hin und hörte ihrer Stimme zu. Die klang, als gehöre sie nicht zu ihr. Der Schluckauf war weg. Nur die Tränen fielen ihr manchmal noch aus den Augen. Die Wünsche, die über ihr geschwebt hatten, polterten auf sie herunter, einer nach dem anderen, und waren Klötze. Der große Sehnsuchtsklotz zerbrach; der kleine Zukunftsklotz – wenn wir gemeinsam eine Jacke für mich gekauft hätten (sie besaß noch einen Geburtstagsgutschein vom letzten Jahr) – zerbrach; der Keine-Langeweile-mehr-Klotz (ihr war der erste Gedanke eingefallen, als sie Moritz bei der Stiege hatte stehen sehen: dass ihr nie mehr langweilig sein würde) zerbrach; und was Liebe hätte sein können und nur noch nicht ausgeschlüpft war, zerbrach. Aber nach gar nicht so vielen Minuten war auch ihre Einbildung ruhig wie ihre Stimme, und sie fühlte sich fast wie der Mensch von vor vierundzwanzig Stunden. Das war der Erfolg des Laut-vor-sich-hin-Redens. Sie konnte in Höchstgeschwindigkeit grammatikalisch korrekten Unsinn reden, und sie setzte diese Fähigkeit ein gegen Angst, Traurigkeit und allzu große Freude.

Sie stand auf und legte ihre Hände über den bösen Namen an der Wand. Und ging und war schwer und sehr müde.

Sie löste die Kette von ihrem Fahrrad. Ihre Finger waren klamm. Der Tag war warm gewesen, die Sonne war warm gewesen. Als sie zur Buchhandlung Jeller gegangen war, hatte ihr die Sonne auf die linke Schulter geschienen und an ihren Hals, und sie war sich erwachsen vorgekommen wie eine Frau, die ein Ziel hat und keine Zweifel, dass sie es erreichen würde. Jetzt war es kalt, und vom Kanal herauf roch es metallisch. Sie schob das Rad über die Brücke, dachte, das Rad weiß es noch nicht, und dachte zugleich, so etwas Blödes würde diese Frau, die ein Ziel hatte und keine Zweifel, nicht denken. Das eigene Glück bereitete ihr Ekel, weil es vorbei war; wurde klein und kleiner bei jedem Schritt. Darum ging sie lieber etwas langsamer. Sie war nicht die Madalyn von vor vierundzwanzig Stunden, nein. Die wollte sie auch nicht sein; aber die jetzt wollte sie auch nicht sein. Sie suchte die Erinnerung nach einer ab, einer guten, in die sie sich hätte verwandeln können und wollen. »Das ist nicht so einfach«, sagte sie laut. »Das ist leider nicht so einfach.« Mit ihrer Stimme war wieder alles in Ordnung. Sie war nicht so interessant wie die vorhin. Es war ihre. Warum sollte er dieses Bild nicht einem Mädchen widmen, das er vor mir gekannt hat! Aber morgen sitzt er wieder mit ihr in derselben Klasse.

Als sie auf der anderen Seite des Flusses war (dort wo ihr in glücklicher Zeit zwei Pizzaschnitten geschenkt worden waren), stieg sie nicht auf, wie sie es sich vorgenommen hatte. Es war so langweilig, mit dem Rad zu fahren. Aber auch wenn ich es durch die Stadt schiebe, dachte sie, werde ich dennoch viel zu früh zu Hause sein. Bevor sie schlafmüde sein würde, bevor ihre Eltern zurück wären. Soll ich das Rad über den Ring schieben und durch den Stadtpark? Ihre Mutter hatte ihr verboten, bei Dunkelheit den Stadtpark zu betreten. Oder ein bisschen in der Stadt herumspazieren und Schaufenster anschauen? Sie wollte nicht mit ihren Eltern sprechen, es gab keinen Gedanken, auf den sie sich hätte freuen können, kein Thema, auf das sie sich auch nur einen Augenblick lang hätte konzentrieren wollen, kein Schaufenster, das sie interessierte. Aber allein sein wollte sie auch nicht. In der Wohnung allein sein – bei diesem Gedanken schüttelte es sie. Warum zeigt er mir das Bild, wenn er es für eine andere gemalt hat?

Sie kehrte um und fuhr zurück über die Brücke und fuhr weiter in den 2. Bezirk hinein. Die Ärmel der Jacke zog sie sich über die Hände.

14

Sie fuhr in Richtung Prater. Vor einer Bar standen zwei Männer unter roter Leuchtschrift und rauchten. Die fragte sie, wo die Stuwerstraße sei, ob sie vielleicht eine Ahnung hätten. Die Männer verstanden sie nicht. Sie blickten sie an, mit empörten Gesichtern, wie ihr vorkam, sie waren viel älter, als sie von weitem ausgesehen hatten. Sie zog den Hals ein und schob das Rad. Es hatte kein Licht. Die batteriebetriebene Lampe, die sich auf die Lenkstange stecken ließ oder an den Fahrradhelm, hatte sie zu Hause vergessen. Sie hatte den Weg zum Prater grob im Kopf, sie war schon öfter von der Stadt aus dorthin gegangen, immer mit ihren Eltern allerdings und immer bei Tag. Sie hatte auch schon gehört, dass es ein Stuwerviertel gab oder so, wusste aber nicht, ob das etwas mit der gleichnamigen Straße zu tun hatte. Aber dass es ein Prostituiertenviertel war. Sie zwang sich, nicht mit ihrem Fahrrad zu reden. Das hätte sie gern getan. Die Gedanken sprangen nicht mehr so wild in ihrem Kopf herum, nur ein Druck und ein Brennen in ihrer Brust waren da, und sie hätte nicht sagen können, ob es nur Einbildung war oder eine Krankheit.

Sie bog in eine Seitengasse ein, hier war es still, niemand war auf der Straße. Und dunkel war es. Die meisten Laternen funktionierten nicht. Die Fenster gaben zu wenig Licht. Sie hatte die Schuhe mit den Kreppsohlen an, die sie zuerst überhaupt nicht gemocht hatte, inzwischen aber schon. Hätte sie die gleich gemocht, wäre sie die erste gewesen, knöchelhohe weinrote Wildlederschuhe mit fast weißen Sohlen. Sie hörte ihre eigenen Schritte nicht. Das war ihr unheimlich, und darum behandelte sie ihr Fahrrad grob, damit

Geräusche da waren. Die Gasse zog sich in einem Bogen hin, das irritierte sie; ich muss mir den Bogen merken, dachte sie. Moritz hatte am Telefon gesagt, die Stuwerstraße sei eine Nebenstraße der Venediger Au. Sie erinnerte sich nicht, ihn danach gefragt zu haben. Angenommen, sie hatte ihn *nicht* gefragt, was sehr wahrscheinlich war, warum hatte er ihr von sich aus erzählt, wo er wohnte? Wollte er, dass sie ihn besuchte? Und sie? Hatte sie ihm gesagt, wo sie wohnte? Sie erinnerte sich nicht. War aber möglich. Und wenn er jetzt gerade auf dem Weg zu ihr war, wie sie auf dem Weg zu ihm? Das glaubte sie nicht. Es war ihr nicht gleichgültig, dass sie das nicht glauben konnte. Immer war mehr, was sie gab, als was sie bekam. Warum? Warum eigentlich? In der ersten Klasse Gymnasium war sie in eine Freundin verknallt gewesen, die hatte Laura Fuhrmann geheißen, sie hatte schwarzes Haar gehabt wie ein Fell und so schwarze Augen, ein Traum, und Madalyn wollte alle Tage mit ihr zusammen sein, am liebsten auch bei ihr übernachten, aber das hatte sie nicht gedurft; ihr war niemals langweilig gewesen in ihrer Gegenwart, aber irgendwann hatte Laura zu ihr gesagt, sie wolle eine Zeitlang nicht mehr mit ihr gehen, sondern mit anderen. Madalyn hatte ihr daraufhin einen Brief geschrieben, der war Laura ein paar Tage später aus dem Englischbuch gefallen, und sie hatte gesehen, dass sie ihn noch gar nicht geöffnet hatte.

Was war die Venediger Au? Ein Teil des Praters? Ein Park? Ein Gemeindebau? Eine Allee? Nun konnte sie sich nicht mehr orientieren. Zwischen den Häusern sah sie die Konturen des Riesenrads nicht mehr. Sie wusste nicht, wo sie war. Hatte keinen Begriff mehr von den Himmelsrichtungen. Wo der Stephansdom war. Nicht einmal mehr, wo der Donaukanal war. Als wäre sie nun tatsächlich in einer anderen Stadt – wie sie es sich am Nachmittag zusammenphantasiert hatte, am glücklichen Nachmittag. Es wäre so schön gewesen, mit ihm das Wien kennenzulernen. Wer hatte gesagt »das Wien«? Gleich fällt es mir ein. Hatte er es am Telefon gesagt? Nein, bestimmt nicht. Oder doch? Wer sagt »das Wien«? Sagen die, mit denen er es zu tun hat, »das Wien«? Es klang, als wäre es ein Gerät, mit dem man etwas anfangen kann, ein Werkzeug für nichts Gutes. Sie ging ein paar Schritte zurück. Nichts hier kam ihr bekannt vor. Aber sie war doch erst vor einer Minute auf diesem Gehsteig gegangen! Die Gasse war nur schwach beleuchtet. Ihr Vater hatte gesagt, die neuen Sparlampen würden dazu führen, dass sich massenhaft Menschen umbringen. Weil das Licht so deprimierend sei. Sie setzte sich aufs Rad und trampelte drauflos, durch die Gasse hindurch und über die nächste drüber, und fühlte sich gleich nicht mehr so einsam.

Sie kam zu einer vierspurigen Straße, auf der die Autos in hohem Tempo fuhren. Nun sah sie auch das Riesenrad wieder. Um diese Jahreszeit war es nicht erleuchtet, und es stand still, war nur ein feiner Bogen mit dicken dunklen Batzen, das waren die Kabinen, gegen den Himmel. Bei Grün fuhr sie über die Ampel und fuhr direkt auf die Venediger Au zu. Eine Straße war die Venediger Au also, und sie säumte auf der rechten Seite den Prater mit seinen hohen Bäumen, die erst wenig Laub hatten. Die zweite Querstraße war die Stuwerstraße. Sie stieg ab und ging langsam in die Straße hinein, gefasst darauf, sofort umzukehren und davonzufahren, wenn irgend etwas geschähe. Sie sah auf der linken Seite das Schild, auf dem in Englisch stand, dass hier eine Kirche sei; in den Fenstern hingen bunte Bilder, die Jesus mit Heiligenschein zeigten, alle Bilder gleich, in den Farben ein bisschen voneinander verschieden; in einem langen, faltenreichen Gewand stand er zwischen den Fensterrahmen, die Arme vom Körper abgespreizt, aus den Händen drangen Strahlen, die in dem wenigen Licht wie monströse Fingernägel aussahen. Schräg gegenüber war die Nummer 4, und im Erdgeschoss, genau wie es Moritz ihr beschrieben hatte, war der thailändische Massagesalon; der eigentlich »Energetikinstitut« hieß, wie sie über dem gelb verklebten Schaufenster las.

Die Klingeln am Eingangstor waren beleuchtet. Kaltenegger gab es hier keinen. Seine Tante hieß wahrscheinlich nicht mehr Kaltenegger. Sie war ja verheiratet, verheiratet gewesen oder getrennt von ihrem Mann. Auch das hat er mir am Telefon erzählt? Hieß sie Konzett oder Ümit oder Tömördi? Einige Namen konnte sie nicht entziffern, weil sie mit Tinte geschrieben waren und sich verwischt hatten oder mit Bleistift und ausgeblichen waren.

Sie stellte ihr Rad ab und ging auf die andere Straßenseite und verschränkte die Arme und rieb sich, weil sie inzwischen sehr fror. In allen Fenstern des Hauses brannte Licht. Was hatte er ihr sonst noch erzählt? Dass er mit seinem Cousin in einem Zimmer schlief. Das konnte hinter jedem dieser Fenster sein. War der Cousin jünger oder gleich alt oder älter? Verstanden sich die beiden gut? Sie strengte sich an, ob ihr zudem irgend etwas einfiel. Hatte er irgendwann gesagt, was er sieht, wenn er aus dem Fenster schaut? Vielleicht zeigte sein Zimmer in den Innenhof. Sie überquerte die Straße wieder, versuchte, die Tür zu öffnen. Da war nur ein starrer Knauf. Was hatte er von seiner Tante erzählt? Nichts. Außer, dass sie einen Freund hatte. Wenn sie gemeinsam mit ihrem Freund hier wohnte, standen vermutlich ihre beiden Namen auf der Klingel. Eines der mit Tinte geschriebenen Schildchen sah so aus, als ob zwei Namen daraufstünden. Es hätten natürlich auch Vorname und Nachname sein können. Sie legte den Finger auf diesen Knopf. Und wenn es der richtige Knopf wäre? Wenn sich Moritz an der Gegensprechanlage meldete? In diesem Fall wär's leicht, sie würde sagen: Madalyn ist hier. Wenn ich mich traue. Ziemlich sicher eher nicht. Aber würde sie seine Stimme überhaupt erkennen? Mehr als »Ja?« würde er wahrscheinlich nicht sagen. Wenn der Freund seiner Tante dran wäre oder sie sich nicht sicher sein würde, ist es der Freund oder ist es Moritz, würde sie sagen: Ist der Moritz zu Hause? Und wenn er nicht zu Hause wäre? Sie würde denken: Er ist bei Claudia. Auf alle Fälle würde sie das denken. Sie kannte sich. Das würde sie nicht mehr aus ihrem Kopf herausbringen, und sie würde sich alles mögliche vorstellen, sie kannte sich. Das wollte sie sich nicht zumuten. Sie drückte fest die Augen zu. Aber es war bereits in ihrem Kopf. Sie könnte genausogut auf die Klingel drücken.

Wieder lief sie auf die andere Straßenseite. Die Fenster waren erleuchtet, alle, aber hinter keinem bewegte sich etwas. Jedenfalls konnte sie nichts sehen. Welche Fenster passten am besten zu seiner Tante? Wie sollte sie das wissen? Er hatte nichts über sie erzählt. Außer dass sie zwei Kinder hatte und einen Freund und ihren Neffen bei sich aufgenommen hatte, nachdem er nicht mehr bei seinem Vater wohnen wollte. Sie muss eine liebe Frau sein, dachte sie, sonst hätte sie so etwas nicht getan. Und ihr Freund war auch nett, das hatte Moritz ausdrücklich gesagt. Die Wahrscheinlichkeit, dass ein netter Mann eine liebe Freundin hatte, war größer, als dass er eine hatte, die nicht lieb war. Also wahrscheinlich war die Tante eine liebe Frau. Aber wie soll man an den Vorhängen ablesen können, ob ein Mensch lieb ist oder eher nicht? Die obersten Fenster waren blank, ohne Vorhänge. Dort wohnen sie nicht, dachte sie. Wie sie sich Moritz' Tante vorstellte, war sie auch ein gemütlicher Mensch. Nur ein gemütlicher Mensch, dachte sie, hat selber zwei Kinder und nimmt dazu ihren Neffen bei sich auf. Weil das ja anstrengend ist und nur ein gemütlicher Mensch sich so etwas zutraut. Und ein gemütlicher Mensch ist eher einer, der Vorhänge an den Fenstern hat. Im Stockwerk darunter war jedes Fenster anders, rote Vorhänge, dünne weiße. Hinter dem äußersten links hing ein Rollo, schief, rot und aus feinen Stäbchen, halb nach oben gezogen. Sie meinte, die Ecke eines Bilderrahmens zu sehen und, wenn sie sich nicht täuschte, eine Topfpflanze, hätte aber auch ein Kleidungsstück sein können, das am Fensterrahmen hing. Hier wohnt er, dachte sie. Die Fenster im ersten Stock sahen alle gleich aus, helle Vorhänge, alle zugezogen. Nein, nein, er wohnt im zweiten Stock, und das linke ist sein Zimmer.

Vielleicht gab es eine Möglichkeit, von hinten an das Haus heranzukommen. Sie fuhr zur Venediger Au und an den Häusern entlang und in die nächste Seitenstraße hinein. Aber auch hier war die Häuserzeile dicht geschlossen. Ohne Mut drückte sie an einem Tor. Es gab keine Möglichkeit, in den Innenhof zu gelangen. Sie hob einen Stein auf, steckte ihn in die Hosentasche und fuhr zurück in die Stuwerstraße. In den Verputz neben dem Eingang von Nummer 4 ritzte sie zwei Buchstaben, nicht größer als ihr halber kleiner Finger: M M.

15

Ihre Eltern waren bereits zurück. Sie waren außer sich. Ihr Vater war ein wenig betrunken. Madalyn merkte es, weil er langsamer sprach als sonst, aber mehr sprach als sonst und leiser sprach und sich verhaspelte und hauptsächlich wiederholte, was die Mutter sagte, jedenfalls am Anfang. Die Mutter war schon aus der Robe. Sie trug ein Unterkleid mit dünnen Trägern und war barfuß. Weswegen nicht stimmen konnte, was sie sagte; nämlich, dass sie drauf und dran gewesen sei, Madalyn in der Nacht draußen zu suchen. Sie presste die Fäuste vor ihrer Brust gegeneinander, stemmte die Ellbogen nach vorne, so dass ihr Oberkörper hohl aussah und verzogen, wie in eine Feder gespannt, die gleich losschnellen würde. An den Oberarmen traten die Muskeln hervor, auf der Haut ihrer Wangen erschienen die feinen Fältchen, die untrüglich ihren Zorn anzeigten. Madalyn wusste, was bevorstand. Sie knüpfte sich die Schuhe auf, ließ sich Zeit, betrachtete die Schuhe, die sie zusammen mit ihrer Mutter in dem Schuhgeschäft neben dem Stephansdom gekauft hatte. Die Mutter schimpfte auf sie hinunter. Das würde erst der Anfang sein. Gleich würde ihr Instinkt die Stelle finden, die am meisten weh tat. Aber Madalyn hatte keine Angst. Ihre Mutter konnte sehr gemein sein. Das Gemeine wiederholte der Vater nicht, er schimpfte auch, aber mit seinen Worten, und die waren nun nicht mehr gegen Madalyn gerichtet, sondern an seine Frau, wie wenn er sagen wollte, so geht es auch, tu lieber wie ich, dann kommst du hinterher leichter wieder raus. Die Mutter sagte Sachen, die schwer zu verzeihen waren, eigentlich nur zu verzeihen waren, wenn Madalyn nicht zuhörte. Das hatte sie gelernt. Auch dies gelang ihr mit der Methode Unsinn. Sie redete im stillen Unsinn. Bewegte aber die Lippen dabei. Anders ging das nicht. Die Mutter meinte, sie mache sie nach. Weil Madalyn alles nachmachte. Darum begann die Mutter nun zu schreien. Es war ein leises Schreien. Madalyn hatte immer wieder probiert, dieses leise Schreien nachzuahmen. Das jedenfalls gelang ihr nicht. Den Vater nachzuahmen war leicht. Die Mutter nicht. Der Vater klatschte zweimal in die Hände und sagte, man könne jetzt genausogut mit dem Ganzen aufhören, das wäre im Gegenteil eine prächtige Idee, auf der Stelle aufzuhören, was sie davon hielten, es sei bisher nichts passiert, warum sich aufregen, wenn nichts passiert sei. Madalyn nestelte weiter an ihren Schuhen herum und bewegte die Lippen. Die Mutter schrie, sie solle endlich aufstehen. Der Vater sagte, für ihn sei alles erledigt, er habe sich um sie gesorgt, das dürfe er ja wohl noch, er werfe ihr allerdings vor, dass sie dem Abend einen so ärgerlichen Abschluss verpasst habe, es sei nämlich ein besonders schöner Abend gewesen. Seine Stimme kam gegen die Stimme seiner Frau nicht an und wollte es auch nicht. Er ging Madalyn auf die Nerven und ging ihrer Mutter auf die Nerven. Wenn ich aufstehe, dachte Madalyn, wird sie mich an den Schultern schütteln. Aber ich werde nicht weinen. Nicht, weil sie auf einmal die Kraft hatte, das Weinen zu unterdrücken. Die hatte sie nicht. Es tat ihr nicht weh, wie die Mutter redete, diesmal nicht, und auch nicht, was sie sagte, diesmal nicht. Die bösen Worte und der böse Ton flogen an ihr vorbei wie schlecht gezielt. Ein bisschen übel war ihr. Sie waren noch immer im Flur der Wohnung, Madalyn in Kniebeuge sah vor sich die Beine ihrer Eltern, die durchtrainierten Waden ihrer Mutter, die eleganten Hosenbeine und Schuhe des Vaters, und ihr war ein bisschen übel. Das hing mit der Stimme ihrer Mutter zusammen. Mit sonst nichts. Bei Musik wurde ihr auch manchmal übel. Wie soll ich das aushalten, bis ich sechzehn bin? Wenn sie sich vor jemandem fürchtete, dann vor sich selbst. Und auch der Hals tat ihr ein bisschen weh. Der Kopf auch. Nun fasste der Vater die Mutter an den Oberarmen und schüttelte sie. Sie gehe zu weit, sagte er. Er wünsche nicht, dass jemand aus der Familie solche Sachen zu jemandem aus der Familie sage, egal wer, egal zu wem. Madalyn hatte nicht zugehört. Sie nützte die Gelegenheit, aufzustehen. Was hatte die Mutter gesagt?

»Wo warst du?« fragte der Vater, blickte ihr zum ersten Mal ins Gesicht; genaugenommen zum ersten Mal seit sehr langer Zeit.

»Ich bin spazierengegangen«, sagte sie.

Die Mutter riss sich vom Vater los, lief in die Küche und kam mit einem Plastiksack zurück. Den hielt sie sich vor den Mund. Das tat sie, wenn ihre Wut so groß war, dass sie fürchtete zu hyperventilieren. In einer friedlichen Stunde hatte Madalyn ihre Mutter einmal gefragt, wie das funktioniere. Wie kann es gut sein, in eine Tüte zu atmen, wenn man Angst hat zu ersticken? Schon war die Mutter heiser. Auch das kannte Madalyn.

»Ich bin doch nur spazierengegangen«, sagte sie noch einmal. »Nichts weiter, nur spazieren.« Sie sprach absichtlich sehr leise. Sie wusste, ihre Mutter wollte unbedingt etwas von ihr hören. Damit sie etwas hatte, auf das sie einschlagen konnte. Damit sie noch heiserer würde. Und noch etwas zum Vorwerfen hätte. Für einen Augenblick herrschte Stille. Die Mutter holte mit rauher Kehle ihre eigene Atemluft aus dem Plastiksack vom *Hofer*-Supermarkt.

»Ich habe es nicht ausgehalten, allein zu sein«, flüsterte Madalyn, und bevor die Mutter wieder einsetzte, sagte sie schnell: »Keine aus meiner Klasse ist so viel allein wie ich.« Und log: »Wir werden nächste Woche einen Aufsatz genau über dieses Thema schreiben.« Sie erwartete nicht, ihre Mutter zu beeindrucken.

Sie beeindruckte ihre Mutter nicht.

Ihre Mutter atmete hastig ein und aus in den Plastiksack hinein, drehte sich zur Seite und sagte: »Ich habe nie ein Kind gewollt.« Und zu ihrem Mann sagte sie: »Bestätige ihr das!«

»Dann nimm mich wieder zurück«, sagte Madalyn.

Das war ihr einfach so eingefallen. Sie fand es gut. Sie beging nicht den Fehler, es zu wiederholen. Es wäre nur die Hälfte gewesen. Sie hätte es gern wiederholt. Auch, damit es nur die Hälfte wäre. Und wiederholt: ein Viertel. Und wiederholt: ein Achtel. Es tat ihr weh, dass sie so etwas gesagt hatte. Aber sie fand es auch gut. Es war ebensowenig zurückzunehmen wie das, was ihre Mutter gesagt hatte, heute und immer wieder. Jetzt hatte sie auch so etwas gesagt. Vielleicht war es das erste Mal, dass sie etwas gesagt hatte, was nicht zurückgenommen werden konnte. Wie wenn man zum ersten Mal ist New York ist. Oder wenn man zum ersten Mal eine Zigarette raucht. Die einzige Möglichkeit, die Mutter zu beruhigen, war zu weinen. Das brachte sie nicht fertig. Obwohl das eine Spezialität von ihr war, so zu tun, als ob sie weinte. Bei echtem Weinen standen ihr nicht so viele Tränen zur Verfügung wie bei falschem Weinen. Sie konnte das Weinen von Leuten nachahmen, die sie nie hatte weinen sehen. Sie wusste, wie ihr Vater weinte, obwohl er nie vor ihr geweint hatte. Wie Moritz weinte, wusste sie hundertprozentig. Sie wünschte sich, er würde einmal vor ihr weinen. Er wird es tun, er wird es tun, und er wird glücklich sein, es vor mir getan zu haben. Moritz hatte sich mit seinem Vater zerstritten. Darüber werden wir reden, er und ich. Er will mit mir reden. Ich weiß, dass er mit mir reden will. Er hat achtmal in einer halben Stunde angerufen. Das Bild hat er schon vor Tagen gemalt. Das gilt nicht mehr. Sie hatte keine Tante, zu der sie ziehen konnte. Vielleicht könnte sie zu seiner Tante ziehen, zu der netten, gemütlichen Frau in der Stuwerstraße, Stuwerstraße, Stuwerstraße, alles, was ich weiß, ist grünes Gras auf Feuerleitern, die aus den Teppichen wachsen wie die Blaumeisen in Kenia oder die türkischen Rosen aus den Wolken bei Nacht. Sie bewegte die Lippen und sah ihrer Mutter in die Augen.

»Was hast du gesagt?« Die Mutter nahm den Plastiksack nicht vom Mund.

»Niemand meint hier in diesem Augenblick, was er sagt«, stellte der Vater fest, als wär's eine Tatsache.

»Darf ich ins Bett gehen?« fragte Madalyn.

»Was meinst du mit ich soll dich wieder zurücknehmen?« beharrte die Mutter.

»Ich habe es nicht so gemeint.«

»Madalyn«, sagte der Vater, »Madalyn!« Er konnte ihren Namen aussprechen, so dass er klang, als wäre die ganze Welt mitsamt der ganzen Liebe darin eingeschlossen. Aber sie glaubte ihm nicht. Gleich wird die Mutter »Madi« sagen.

Sie sagte es.

Madalyn drückte die Augen zu, und eine Dunkelheit war vor ihr, die sie nicht erwartet hatte. Übers Zigarettenrauchen hatten sie unten beim Donaukanal gesprochen. Das fiel ihr ein. Er hatte gesagt, wenn er nach der ersten Zigarette am Morgen die Augen schließe, sei es so dunkel wie in der dunkelsten Nacht nicht. Das mag er. Wenn morgen wieder ein Tag ist, werde ich eine Zigarette rauchen. Ich werde mit ihm eine Zigarette rauchen. Sie drückte die Augen noch einmal zu. Diesmal war es nicht so dunkel.

»Darf ich bitte ins Bett gehen?«

»Wen hast du getroffen?« fragte die Mutter, zischen konnte sie nur, aber es war kein böses Zischen.

»Niemanden.«

»Irgend etwas ist, ich spüre es. Irgend etwas ist anders, ich spüre es genau!«

»Ich bin wirklich nur spazierengegangen.«

Madalyn wusste, was die Mutter meinte. Die Tränen fehlten. Sie fand es selber beunruhigend, dass die Tränen fehlten. Ohne die Tränen ihrer Tochter würde die Mutter nicht aus ihrem Zorn herausfinden. Sie würde sie nicht in ihr Zimmer gehen lassen. Madalyn versuchte es. Es war dabei nicht nötig, etwas Trauriges zu denken. Einmal wollte eine Mitschülerin von ihr weinen lernen. Auf Knopfdruck weinen. Madalyn bewerkstelligte das so: Sie dachte an einen Film, in dem jemand weint. Solche Filme gab es viele. Fast in jedem Film weint jemand. Sie merkte sich das Weingesicht und ahmte es nach. Das war alles. Und das funktionierte auch jetzt.

»Wein doch nicht«, sagte der Vater.

»Tut mir leid, Madi«, sagte die Mutter. »Ich war wahnsinnig vor Sorge. Verstehst du das?«

»Tut mir auch leid, Mama.«

»Verstehst du mich denn?«
»Ich verstehe dich.«
Madalyn ging in ihr Zimmer. Und schloss hinter sich ab. Niemand pumperte an ihre Tür.

16

»Wo bist du, Moritz?«
»Daheim. Im Stiegenhaus.«
»Warum im Stiegenhaus?«
»Ich habe hundertmal bei dir angerufen.«
»Zehnmal. Nur zehnmal. Ich seh's auf dem Display.«
»Wo warst du, Madalyn?«
»Das glaubst du mir eh nicht.«
»Sag's mir doch.«
»Bei dir.«
»Wie bei mir?«
»Vor deinem Haus war ich.«
»In der Stuwerstraße?«
»Ja, Moritz.«
»Warum hast du mich nicht angerufen?«
»Ich habe mir beim Donaukanal dein Bild angesehen. Aus der Nähe. Du hast es für Claudia gemalt.«
»Ich habe erst später *Für Claudia* dazugeschrieben. Das Bild ist viel älter.«
»Das glaub ich dir nicht.«
»Es ist nicht wichtig, Madalyn.«
»Für sie ist es sicher wichtig.«
»Man schreibt immer etwas hin. Jeder Sprayer schreibt etwas hin, für wen es ist. Das tun alle.«
»Sag das nicht. Bei den anderen steht nichts.«
»Ich kann drübermalen. Vielleicht hat morgen schon einer drübergesprayt. Das ist sogar wahrscheinlich.«

»Welches Fenster ist deines?«
»In der Stuwerstraße? Was meinst du?«
»Darf ich raten? Ihr wohnt im zweiten Stock, und dein Fenster ist das mit dem roten Rollo?«
»Woher weißt du das?«
»Was ist mit Claudia, Moritz? Jetzt, meine ich. Was ist jetzt mit ihr und dir?«
»Schon vorher ist nichts mehr gewesen.«
»Das glaub ich nicht.«
»Aber jetzt ist nichts mehr. Ich schwör's dir. Ich habe mich in dich verliebt, Madalyn. Ich kann nichts anderes sagen. Ich war nicht richtig verliebt in Claudia, ich war einfach nur mit ihr zusammen. In dich bin ich verliebt. Ich war nie richtig verliebt. Ich habe mich sofort in dich verliebt. Darum bin ich dauernd ins Stiegenhaus gegangen, weil ich in der Wohnung nicht richtig telefonieren kann. Sie wollen nämlich immer wissen, mit wem ich rede. Ich bin verliebt in dich, Madalyn. Wenn du mir nichts glaubst, das musst du mir glauben, bitte.«
»Muss ich? Wenn ich muss, glaub ich's.«
»Du musst glauben, dass ich in dich verliebt bin.«
»Dann glaub ich's.«
»Und du?«
»Ich bin mit dem Fahrrad zur Stuwerstraße gefahren.«
»Hättest du das Handy dabeigehabt, hätten wir draußen sein können und reden und ein Stück gehen. Sag mir: Du auch? Du auch, Madalyn? Sag es mir, Madalyn!«
Sie sagte es nicht. Nicht, weil sie es nicht wollte, sie hätte es ihm gern gesagt, sondern weil sie keine Maschine war.
»Ich bin keine Maschine«, sagte sie.

Als sie aufgelegt hatten, tat es ihr leid, dass sie es nicht gesagt hatte. Sie wollte es ihm wirklich gern sagen, aber nicht als Antwort auf seine Frage. Es wäre zuwenig, gerade die Hälfte wäre es, die Frage die eine Hälfte, die Antwort die andere Hälfte. Wenn ich ihn morgen in der Schule sehe, gehe ich gerade auf ihn zu und sag es in sein Ohr hinein. Bevor er es zu mir sagt, sage ich es zu ihm.

Aber dann schrieb sie ihm ein SMS, und darin sagte sie es ihm doch. Und sie bekam ein SMS zurück, in dem er es ihr sagte.

Sie zog ihren Schlafanzug an, sperrte die Tür auf und trat in den Korridor. In der Wohnung war es still. Die Lichter waren gelöscht. Sie ging in die Küche, nahm ein Joghurt aus dem Kühlschrank, träufelte etwas Kandisin darauf und löffelte es aus. Eine Weile blieb sie sitzen, die Füße angezogen, die Schienbeine umschlungen. Im geheimen hoffte sie, LESS werde in diesem Augenblick übermalt. Als ein ruheloses, Lügen ausbrütendes Gespenst huschte LESS durch ihre Gedanken. Ob er ein Foto von Claudia besaß? Sie könnte ja auch einmal probieren, ein Bild zu sprayen. Sie stand auf, zog die Vorhänge beiseite und blickte auf das Hausdach gegenüber, eine große, graue Fläche, die sich nach rechts und links allmählich in Schatten und Nebel verlor. Ihr Vater war ein Mann mit einschmeichelnden Augen und einem weichen Mund. Der immer gut angezogen war. Und ihr ein bisschen unheimlich war. Und gut roch. Immer. Sie fühlte sich wie manchmal, wenn sie in der Badewanne lag und niemand zu Hause war und sie die Aufgaben gemacht und die Spülmaschine ausgeräumt hatte und es draußen lange hell war und sie sich auf irgend etwas freute, auf nichts Festes, nur auf einen Traum, vor dem sie nicht zu zögern brauchte, weil alles darin ihre eigene Erfindung war.

Eine Weile blieb sie sitzen. Schließlich schlich sie ins Elternschlafzimmer und kroch ins Bett zwischen Mutter und Vater. Die Mutter erwachte und legte die Decke um Madalyns Schultern.

»Es tut mir so leid, Madi«, flüsterte sie. »So leid, so leid! Verzeih mir, verzeih mir, verzeih mir, verzeih mir ein letztes Mal, verzeih mir, Madi, nur noch einmal!«

»Darf ich heut nacht bei euch schlafen?« fragte Madalyn.

»Kriech in meinen Rücken«, sagte die Mutter und drehte sich um. Sie griff nach hinten und nahm Madalyns Hand und zog sie zu sich und küsste sie.

Was heißt *ich war einfach nur mit ihr zusammen,* dachte Madalyn. Das hätte ich ihn fragen sollen. Sie wollte aufstehen und in ihr Zimmer gehen und versuchen, Moritz anzurufen. Aber dann schlief sie ein.

17

Und dennoch waren die Tage, bevor Frau Prof. Petri mit ihrer Klasse nach Weimar fuhr, eine schöne Zeit für Madalyn gewesen. Ich sage *dennoch*, weil ihr Herz – so meine Interpretation: ein einfacher Schluss aus ihren Erzählungen – in dieser Woche keine Ruhe und ihre Gedanken keine Zuflucht fanden. Nicht eine Minute war sie ohne Aufruhr und Angst gewesen; war jede Nacht mehrmals aufgewacht mit geballten Fäusten und verkrampfter Stirn und mochte sich für nichts auf der Welt interessieren. Außerdem hatte sie in diesen knapp zwei Wochen vieles getan, was sie nie getan hatte und was sie sich nicht vorstellen hatte können, es jemals zu tun.

»Dennoch eine schöne Zeit?« fragte ich.

»Die glücklichste Zeit meines Lebens«, antwortete sie und wiederholte es und sagte es ein drittes Mal und sah mich dabei herausfordernd an, als ob ich Laune und Macht hätte, den Zauber dieses Satzes zu zerstören und ihre Erinnerungen ins Dunkle zu drehen – wohin meiner Meinung nach einige davon auch gehörten. Aber ich bin kein Spielverderber; auch nicht, wenn ich Bedenken gegenüber dem Spiel habe. Ich muss ja nicht mitspielen. – Dachte ich, als wir bei *Neni* saßen.

»Am nächsten Tag nach der großen Pause«, hatte sie weitererzählt, »das haben Moritz und ich uns ausgemacht, haben wir uns von der Schule abgemeldet. Wir haben beide das gleiche gesagt. Das haben wir auch ausgemacht. Dass wir uns den Magen verdorben haben und dass uns schlecht ist.« – Das war nicht ihre Idee gewesen, es war seine gewesen. Madalyn hatte nie die Schule geschwänzt. Ihre Idee war es, dass sie beide die gleiche Ausrede vorschieben sollten.

Getrennt verließen sie die Schule, damit sie nicht zusammen gesehen würden. Bei der Secession stieg sie auf sein Rad. Er hatte ihr in seinem Rucksack ein Kissen mitgebracht, damit sie es angenehmer habe. Er hatte den Vormittag genau geplant. Sie fuhren durch die Innenstadt direkt zum Donaukanal, und vor ihren Augen sprühte er gelbe Farbe über *Für Claudia*. Sie versuchte, seine Hand beiseite zu schieben. Sie wollte nicht, dass er das tat. Er sagte, es sei ein Liebesbeweis. Dieses Wort hatte er tatsächlich gebraucht. Ihr fiel ein, dass sie in der Pause vergessen hatte, in sein Ohr hineinzusprechen, was er so gern gehört und nicht nur als SMS gelesen hätte. Sie waren damit beschäftigt gewesen, ihr Abhauen zu organisieren. Außerdem hatte sie sich eingebildet, das Mädchen mit den glatten gelben Haaren zu sehen, wie sie zu ihnen herüberblickte, und hatte sich eingebildet, Moritz sehe sie auch. Jetzt wollte sie es nicht sagen, nicht in diesem Moment. Er würde denken, das sei eine Art Dank oder so. Aber sie war ihm für nichts dankbar, schon gar nicht dafür, dass er einen Namen von einer Wand löschte. Auch wenn er diesen Namen aus seinem Kopf gelöscht hätte, wäre nicht mit Bitte und Danke zu antworten gewesen.

Als Madalyn am Morgen aufgewacht war, war ihr erster Gedanke gewesen: Ich kann dieser Claudia nicht böse sein, und ich kann auch Moritz nicht böse sein, und ich hoffe, Claudia ist auch nicht böse auf mich, sie hätte viel mehr Grund dazu als ich – vielleicht kann ich ihre Freundin werden und sie meine. Letzteres hatte sich von selbst, wie automatisch, aus ihr herausgedacht, als eine logische Fortsetzung; daran geglaubt hatte sie nicht eine Sekunde. Aber dieser Gedanke hatte eine Häme über ihre anderen Gedanken gelegt, und sie hatte sich unbehaglich gefühlt, nämlich wie eine Lügnerin, die nach allen Seiten hin ihre falschen Farben versprüht. Sie sagte sich: Nur sehr selten bleiben Menschen ein Leben lang bei ihrer ersten Liebe. Die meisten, wenn sie endlich jemanden finden, mit dem sie bis in den Tod zusammenbleiben, haben bereits mehrere Lieben hinter sich. Sie erinnerte sich sogar, irgendwo gehört zu haben, wahrscheinlich im Fernsehen am Nachmittag, dass es absolut nicht gut sei, nur eine Liebe im Leben gehabt zu haben; so ein Mensch verkümmere und werde schneller unschön und im Alter ungut. Gleichzeitig aber fühlte sie und fühlte es ohne Zweifel, dass sie nie in ihrem Leben einen anderen wird haben wollen als Moritz Kaltenegger – und das, obwohl sie sich merkwürdigerweise wieder alle Mühe geben musste, sich vorzustellen, wie er aussah. Sie konnte seinen Mund beschreiben, hätte ihn zeichnen können, seine Nase, seine Augen, seine Haare, die immer irgendwie feucht aussahen, seine Kleidung sowieso, hätte genau beschreiben können, wie er sich vorbeugte, wenn er etwas Wichtiges sagte, wie er sich vorbeugte, wenn er sich eine Zigarette anzündete; aber es gelang ihr nicht, sein Bild vor sich zu sehen. Es war wie beim Notenlesen. Zwei Jahre lang hatte sie Geige gelernt. Sie kannte alle Noten, kannte alle Zeichen, aber die Notenschrift hatte sich in ihrem Kopf nie zu einer Melodie gefügt. Das war der Grund gewesen, weshalb der Geigenlehrer ihren Eltern geraten hatte, es gut sein zu lassen. Beim Frühstück war eine schwirrende Leichtigkeit in ihr gewesen wie nach einer Krankheit, und wenn sie sich erinnerte, wie sie in der Nacht auf dem Rad hinüber und hinein in den 2. Bezirk gerast war und in der Stuwerstraße vor dem Haus Nummer 4 herumgegangen hatte, dann kam ihr vor, als wäre sie tatsächlich krank gewesen. Er war *einfach nur mit ihr zusammengewesen*. Nichts Besonderes. Das Besondere wäre, wenn sie miteinander geschlafen hätten. Nach dem Frühstück war ihr wieder zumute gewesen, als müsste sie sich gleich übergeben. Dass ihre Eltern so lieb zu ihr waren, hatte sie schließlich beruhigt. Es hätte zwei Madalyns geben sollen, eine, mit der die Eltern schimpften, und eine andere, die am nächsten Tag das schlechte Gewissen einkassierte; jeder Mensch auf der Welt würde lieber die zweite sein wollen.

Moritz hatte Spraydosen mitgebracht, eine mit Gelb, eine mit Rot, eine mit Grün. Mit der gelben übermalte er *Für Claudia*, mit der grünen wollte er *Für Madalyn* drübersprayen, mit der roten ein paar Strahlen drum herumsetzen, damit es gleich jeder sähe. Das aber wollte Madalyn nicht. Ihren Namen wollte sie nicht an der Wand haben, nicht neben diesem Bild, unter keinen Umständen. Er sah ihr an, dass sie es ernst meinte, und ließ es. Und fragte nicht.

»Ich spray extra ein neues für dich«, sagte er. »Größer als das hier. Nicht LESS, etwas Neues. Das bleibt eh nicht mehr lang. Ich kenn einen, der darauf spitzt, drüberzumalen, weil es ein guter Platz ist. Er hat mich gefragt. Er gibt mir ein paar Dosen dafür. Ich habe gestern schon Zeichnungen gemacht, ein halbes Heft voll. Aber ich zeige sie dir nicht. Es wird mit Abstand das Beste, was ich je gesprayt habe.«

Jetzt wäre Gelegenheit gewesen, in sein Ohr zu flüstern. Er hätte allerdings wieder meinen können, es sei eine Art Dank.

Moritz sagte, er wolle ihr wieder etwas zeigen, kein Graffito, etwas anderes.

18

Beim Nestroyplatz kaufte er Muffins und Coca-Cola, und sie stiegen mit dem Rad in die U 1 ein. Bei der Alten Donau setzte sich Madalyn wieder auf die Fahrradstange, und sie fuhren auf dem Weg am Wasser entlang, vorbei an den Wochenendhäusern, deren Fensterläden geschlossen waren, denn es war Dienstag morgen und letzter Tag im März, es gab keinen Grund, aus der Stadt hinauszufahren. Diesmal wich sie nicht aus, als er seine Wange an ihre legte. Sie drückte ihren Kopf dagegen, und sie rieben ihre Gesichtshälften aneinander. Er sagte, alles sei wahr, was er in der Nacht zu ihr gesagt habe. Sobald wir stehenbleiben, dachte sie, werde ich in sein Ohr sprechen.

Da war ein altes Haus, das sah aus wie eine Villa. Es hatte verspielte Fensterrahmen und war aus Holz und türkis angemalt. Die Farbe splitterte ab, die Scheiben hinter den aufgenagelten Balken waren blind vor Staub. An den Seiten standen wie Wächter zwei Türmchen, auf deren Spitzen Wetterhähne saßen. Davor war eine weite Veranda aus morschen Brettern, die waren an manchen Stellen eingebrochen. Moritz kettete sein Rad an einen Laternenmast etwas abseits des Hauses und kletterte über den Zaun.

»Du kannst es allein«, sagte er, »aber ich helfe dir.«
»Das trau ich mich nicht«, sagte sie.
»Das stört keinen Menschen«, sagte er. »Das steht schon seit einem Jahr so da.«
»Ich trau mich nicht«, sagte sie wieder. »Das ist Einbruch. Tu das nicht, Moritz!« Aber sie traute sich, und es ging ziemlich leicht.
Er sei schon öfter hiergewesen. Ob allein oder nicht allein, das

sagte er nicht, und sie wollte lieber nicht fragen. Eines der Fenster am hinteren schattigen Teil des Hauses ließ sich ein wenig nach oben schieben, weit genug, um hineinzugreifen und die Schnalle der Hintertür nach unten zu drücken.

Im Haus roch es muffig, faulig und nach Schimmel und Rattendreck. Oben sei es besser, sagte Moritz. Dabei war es schön eingerichtet – ein großer Raum, in dem wie in einem Kaffeehaus runde Tischchen standen und mit Leder gepolsterte Stühle, dazu zwei Sofas. In die Wände waren Regale eingelassen, aber Bücher waren keine mehr da. An den Fenstern, durch die nur wenig Licht schien, hingen lange Samtvorhänge, grau von Staub und an den Säumen angefressen. Mitten im Raum führte eine Treppe nach oben. An der Farbe der Stufen war zu erkennen, dass hier ein Läufer gelegen hatte, auch der war mitgenommen worden.

»Wem gehört das Haus?« fragte Madalyn.

»Keine Ahnung.«

»Und wenn der kommt?«

»Sind wir schneller.«

»Das war ein Witz, gell?«

Oben waren drei kleine Zimmer und ein Bad. Sie schauten nur durch die Türen. In den Zimmern lagen rohe Matratzen, sonst war dort nichts. Sie setzten sich auf die Stiege und aßen ihre Muffins und tranken ihr Cola.

»Ich weiß fast nichts von dir«, sagte sie.

Er fragte, ob sie ein Bier haben wolle. Er habe sich ein Depot angelegt, sagte er und grinste. In einer Nische neben einem Kasten standen ein paar Flaschen, Zeitungen waren darübergelegt.

»Bist du oft hier?« fragte sie.

»Manchmal.«

Er öffnete eine Flasche mit seinem Feuerzeug, nahm einen Schluck und reichte sie ihr. Sie hatte noch nie Bier getrunken. Ihre Mutter trank manchmal eines zum Mittagessen, nur ein kleines Glas; selten trank sie ein zweites, aber wenn, auch gleich ein drittes und ein viertes und erzählte dabei komisches Zeug, wie letzthin, dass sie als Kind im Winter an die Fensterscheiben gehaucht habe, um die zarten Verästelungen zu sehen, die sich in der Kälte bildeten, und dass sie süchtig danach gewesen sei. Madalyn ekelte sich vor dem Biergeruch. Aber sie nahm einen Schluck. Sie wechselten einander ab, bis die Flasche leer war. Er zündete sich eine Zigarette an und fragte, ob sie einen Zug nehmen wolle, und sie steckte die Zigarette kurz zwischen ihre Lippen.

»Ich weiß, was du denkst«, sagte er.

Sie hätte sich gern den Mund ausgespült. Sie spürte den Alkohol im Nacken. Die Augen wurden langsam. »Was denke ich denn?«

»Was alle denken.«

»Was denken alle, Moritz?«

Er hielt die leere Flasche zwischen seinen Knien, spielte mit ihr, steckte den Finger in die Öffnung, ließ sie schaukeln. »Dass ich *immer* etwas Unrechtes tue, weil ich *einmal* etwas Unrechtes getan habe.«

»In ein Haus einzubrechen ist etwas Unrechtes«, sagte sie.

»Wenn man etwas mitnimmt oder etwas kaputtmacht. Aber das tu ich nicht. Im Gegenteil. Ich habe hier sogar aufgeräumt. Du hättest sehen sollen, wie es hier ausgesehen hat. Ich weiß, was du denkst, Madalyn. Du denkst, ich war mit der Claudia hier. Das war ich nicht. Ich war mit niemandem hier. Als das mit der Polizei war wegen dem Zigarettenautomaten, habe ich nicht gewusst, was ich tun soll. Ich bin den ganzen Tag mit dem Fahrrad herumgefahren. Ich habe gedacht, jetzt ist alles aus, dass aus mir überhaupt nichts mehr werden kann. Ich habe mir gedacht, dass alle alles wissen über mich. Ich habe mir eingebildet, alle schauen mich an. Und dann bin ich zufällig hier vorbeigefahren und habe das Haus gesehen. Das Haus hat so ausgesehen, dass ich mir gedacht habe, es ist wie ich. Aus dem Haus wird nichts mehr, habe ich gedacht, wie aus mir. Ich bin über den Zaun gestiegen und um das Haus herumgegangen und habe das Fenster gesehen und habe es aufgemacht, wie jetzt.« – Er zündete sich wieder eine Zigarette an und blies den Rauch weit in den Raum hinein. Feine Geräusche waren zu hören. Das seien Ratten, sagte er, Ratten oder Marder oder Mäuse, gesehen habe er sie nicht, das nicht. Darum rauche er noch eine. Den Geruch mögen sie nicht. – »Du hast etwas«, sprach er weiter. »Du hast viel. Ich habe nichts. Gerade die Schulsachen habe ich und ein paar Sachen zum Anziehen. Hast du ein eigenes Zimmer?«

Sie nickte.

»Wenn ich allen sein will, muss ich ins Stiegenhaus. Das ist nicht schlecht. Ich geh hinauf bis zum Dachboden, dort kann man sich hinsetzen, und niemand sieht einen. Ich weiß schon, was du denkst, Madalyn.«

»Was denke ich denn?«

»Dass alles verlogen ist.«

»Das denke ich nicht, Moritz.«

»Ich lüge oft. Das stimmt schon. Das merkt niemand. Weil ich das ziemlich gut kann. Zum Beispiel habe ich dich gestern angelogen, tut mir leid. Tut mir wirklich leid.«

Er neigte den Kopf zu ihr hin. Sie wollte die Lüge nicht wissen. Es war keine mehr. Ihre Hand spürte in seiner ihre eigene Wärme.

»Das«, sagte er, »fällt mir jetzt sehr schwer. Ich habe das Bild in Wirklichkeit nicht gemalt.« Er ruckte die Schulter zurecht, rieb sich mit dem Handrücken über die Nase und holte tief Luft.

Sie umschlang seinen mageren Körper. »Das ist mir doch alles egal«, sagte sie schnell und ließ ihn nicht los.

»Mir nicht!« stieß er hervor. »Mir aber nicht! Bei der Claudia war es mir egal. Bei dir nicht. Die Claudia war die einzige in der Klasse, die nett zu mir war. Ich wollte angeben vor ihr und habe einfach ihren Namen neben LESS gesprüht. Ich weiß nicht, von wem LESS ist, keine Ahnung. Sie denkt, ich habe es für sie gesprayt. Was denkst du jetzt, Madalyn? Ich weiß, was du denkst. Ich weiß eh, was du denkst.«

Dass sie froh darüber war, das dachte sie. Aber das wollte sie ihm nicht sagen. Sie nahm sein Gesicht zwischen ihre Hände und küsste ihn auf den Mund. Das hatte sie noch bei niemandem gemacht. Er hatte es sicher bei Claudia gemacht. Aber sie konnte es besser als er. Darüber war sie auch froh.

19

Bei dieser Gelegenheit hatte er ihr auch von seinen Freunden erzählt. Und dass sie ihn Rizzo nennen. Madalyn hatte gesagt, sie finde den Namen sehr schön. Ob er ihn mit tz oder mit einem z oder mir zwei z schreibe. Und sie hatten sich auf zwei z geeinigt.

Er rief sie an diesem Tag aber nicht mehr an. Ihre Wertkarte war leer. Das Festnetz hatte ihre Mutter vor einem Jahr abgemeldet, nachdem sich eine Telefonrechnung auf 532 Euro und 40 Cent belaufen hatte. Sie wartete, stand in ihrem Zimmer am Fenster und sah in den Himmel hinauf, an dem nichts war als eine Farbe für jede Jahreszeit. Sie geisterte durch die Wohnung, das feuchte warme Mobiltelefon in der Hand, damit sie den ersten Ton, die erste Vibration nicht versäume, und schaute immer wieder auf das Display. Sie hörte die Stimmen ihrer Eltern aus allen Enden, hätte nicht sagen können, ob sie mit ihr sprachen oder miteinander. Als sie die Krähen sah, die an ihrem Fenster vorbeiflogen, hinaus zu ihren Schlafplätzen auf der Baumgartnerhöhe, war ein Schmerz in ihrer Kehle und in ihrer Brust, wie sie meinte, nie einen empfunden zu haben. Auf dem Küchentisch lag noch immer das Blatt mit dem Gedicht, das die Mutter aus ihrer Erinnerung aufgeschrieben hatte. In der Nacht legte sie das Handy unter ihr Kopfpolster. Für wenn er aufwacht und hinaus ins Stiegenhaus geht, dachte sie. Aber er rief nicht an. Auch am Morgen rief er nicht an. Sie nahm das Handy mit in die Schule, was sie schon lange nicht mehr getan hatte. Er schämt sich vor mir, dachte sie, wegen allem möglichen schämt er sich. Das kam ihr als Zeitverschwendung vor. Bevor der Unterricht begann, ging sie hinauf zu seiner Klasse. Er war nicht da, und Claudia war auch nicht da, nicht in der Klasse, nicht am Gang. Das musste nicht unbedingt etwas heißen. Aber vielleicht hieß es eben doch etwas.

In der großen Pause sah sie Claudia unten im Hof stehen. Und sie sah ihr an, dass sie ebenso beunruhigt war wie sie. Jedenfalls meinte sie es ihr anzusehen. Darüber war sie für einen Moment so glücklich, dass sie am liebsten zu ihr hingelaufen wäre und sie umarmt hätte. Das blonde Mädchen stand nahe der gegenüberliegenden Hauswand, war allein, hatte den Rücken den anderen zugewandt und den Kopf gesenkt, als betrachte sie etwas vor ihren Füßen. Warum hatte er nicht mehr von ihr erzählt? Nur, dass sie am Anfang als einzige in der Klasse nett zu ihm gewesen sei. Die anderen hätten ihn allesamt abgelehnt. Dabei hatte er gezuckt, als würden ihm von oben Kopfnüsse verpasst, aber gegrinst, als wär's auch ein Abenteuer gewesen. Ich gehöre zu den anderen, dachte Madalyn, ich habe ihn auch abgelehnt. Hoffentlich erinnert sich niemand mehr daran. Hoffentlich sagt es ihm niemand. Womöglich hat es ihm bereits jemand gesagt.

Am Freitag war Matheschularbeit. Madalyn stand in Mathe auf einem Dreier, einem wackeligen. Sie hatte das Lernen vor sich hergeschoben, und nun hatte sie keinen Nerv mehr dafür. Schon seit längerem war für den Nachmittag ein gemeinsames Lernen mit zwei Mitschülerinnen ausgemacht gewesen. Sie hatte es vergessen. Man wollte sich bei Madalyn treffen, Kuchen werde mitgebracht. Madalyn sagte, es gehe ihr immer noch nicht besonders, sie habe am Morgen gleich zweimal gekotzt. Kotzen hatte ein gewisses Ansehen in der Klasse. Sie war sich im klaren, dass sie ohne Lernen ein Nichtgenügend schreiben und dann auf einem wackeligen Vierer stehen würde. Ihre Mutter wird auszucken, obwohl sie selbst nicht den geringsten Tau von Mathe hatte und bei jeder Gelegenheit genau damit prahlte. Madalyn sagte ihren Mitschülerinnen ab.

Sie lief in den Hof hinunter, nahm ihren Mut zusammen, berührte die Schulter des Mädchens mit den langen blonden Haaren, zog die Hand gleich wieder zurück.

»Darf ich dich etwas fragen?«

Ein Flattern huschte über Claudias Augen. Sie hielt die Aufschläge ihres Mantels mit einer Hand zusammen.

Ob sie wisse, wo der Moritz Kaltenegger sei.

Madalyn vermochte den Blick nicht zu deuten, er hätte ebenso traurig wie triumphierend sein können oder bloß geistesabwesend. Aus der Nähe sah sie anders aus, als sie erwartet hatte; ob besser oder nicht so gut, das konnte sie nicht entscheiden, denn in diesem Augenblick klingelte ihr Handy, und sie sah auf dem Display, dass es Moritz war, wagte aber nicht, auf das grüne Symbol zu drücken.

»Entschuldige, meine Mama«, sagte sie statt dessen. Die Lüge war sehr schwächlich ausgefallen.

Claudia antwortete nicht. Sie hatte merkwürdig hohe Augenlider oder machte hohe Augenlider. Sie zog jetzt einen Mundwinkel weit in die Wange hinein und sah aus wie mindestens zwanzig und gewiss nicht traurig. An einer Stelle krümelte Lippenstiftfarbe ab. Madalyn hielt das Handy weit von sich und umklammerte es, um das Geklingel abzudämpfen. Eine Geschichte sprang in ihr auf, die erzählte von einer tiefen verständnisvollen Beziehung zwischen Moritz und diesem Mädchen, das auf sie wirkte wie eine Frau, einer unzertrennlichen Liebe, aus der er manchmal ausbrach, aber immer wieder zurückkehrte und immer wieder aufgenommen wurde, ein Plot, in dem sie, Madalyn, die chancenlose Geliebte blieb, ein enger Kosmos aus Highschool, Cafeteria und heruntergelassenen Rollos, der sofort erlosch, als sie ihn als amerikanischen Nachmittagsfernsehfilm enttarnte, den sie erst vor ein paar Tagen gesehen und absolut Scheiße gefunden hatte.

Das Handy schellte nicht mehr.

»Und jetzt?« sagte Claudia.

Madalyn drehte sich um und lief in die Schule und über die Stiege hinauf, nur weg, weg zum weitestentfernten Punkt von der haushohen Überlegenheit dieses Gesichts, das von der Nähe schöner war, als es in ihrer Angst gewesen war, das war jetzt eindeutig entschieden. Er hat mich achtmal angerufen, zehnmal angerufen, jetzt einmal angerufen, ich ihn insgesamt nur zweimal, er wird es nicht mehr tun. Als wäre alles verloren, wenn sie ihn in den nächsten Minuten nicht erreichte. Dann würde sie abhauen und nie wieder nach Wien kommen, dachte sie, diesmal würde sie es tun. Es war nichts Aufregendes an diesem Gedanken, nur Leere und keine Farbe wie im Himmel vor ihrem Fenster gestern abend. Die Tür zum Direktorat stand offen. Über dem Schreibtisch lag ein Mantel. Er lag so, dass sein Futter nach außen gedreht war. Aus der Innentasche ragte ein Stück geripptes braunes Leder. Madalyn trat ein, schob die Tür ein wenig vor, so dass sie von draußen nicht gesehen werden konnte, und zog die Brieftasche aus dem Mantel. Darin waren etliche Scheine, sie nahm einen Zwanziger, steckte die Brieftasche zurück und war schon wieder draußen. Niemand hatte sie gesehen. Sie rannte über die Stiege hinunter und aus der Schule hinaus. Von der Pause blieben gerade fünf Minuten. Oben auf der Mariahilferstraße war eine Tabak-Trafik. Sie hatte Glück, sie war die einzige Kundin. Sie kaufte eine Zwanzigeurokarte. Auf der Stiege zur Rahlgasse hörte sie das Läuten, sie nahm drei Stufen auf einmal. Als sie in die Klasse trat, war ihr schwindlig, und sie rang nach Luft. Frau Prof. Petri lächelte sie an und sagte, sie wolle nach der Stunde mit ihr sprechen. Madalyn hatte vergessen, dass sie in der vierten Stunde Deutsch hatten. Die Lehrerin legte ihre Hände auf Madalyns Schultern, wie sie es gern tat, nur bei ihr tat sie das, sah ihr nah in die Augen und fragte, ob etwas nicht stimme. Ihr sei gestern nicht gut gewesen, sagte Madalyn, heute gehe es schon besser.

Sobald sie wieder Luft hatte, meldete sie sich aufs Klo. Sie habe ein bisschen Bauchweh, sagte sie leise.

Auf der Toilette gab sie die Zahlenkombination in ihr Handy ein und drückte Moritz' Nummer. Er war sofort dran. Sie wollte ihm zuvorkommen und von Anfang an einen starken tiefen Ton in die Stimme legen, damit sie nicht wieder so kindlich klinge, was sie jetzt bestimmt nicht brauchen konnte. Warum er sie gestern nicht angerufen habe, fragte sie, am Nachmittag nicht und am Abend nicht und in der Nacht nicht, und warum er nicht in der Schule sei. Sie habe ihn schließlich auch nicht angerufen, konterte er, und seine Stimme war härter als ihre. Auch er habe gewartet, dass sie ihn anrufe. Er habe sich gedacht, sie halte ihn für den letzten Dreck und wolle nichts mehr von ihm wissen. Er habe sich gedacht, das sei der Grund, warum sie ihn nicht anrufe, weil sie ihn für den letzten Dreck halte. Er habe sich gedacht, das ist typisch.

»Warum typisch?« fragte sie.

»Weil du mir kein Wort geglaubt hast«, sagte er. »Du hast mir überhaupt nichts geglaubt von dem, was ich gesagt habe, ist doch wahr!«

»Ist aber nicht wahr! Ist wirklich nicht wahr«, flüsterte sie in ihre hohle Hand. Sie hatte Angst, jemand komme plötzlich zur Tür herein. »Meine Wertkarte war leer. Ich konnte nicht anrufen. Ich habe es vergessen, dir zu sagen. Sie ist schnell leer, wenn ich mit dir telefoniere, und wir haben lang telefoniert. Das ist so blöd. Da ist sofort alles weg.«

Aber jetzt rufe sie an, sagte er. Ob sie auf einmal zaubern könne oder was, Wertkartenzauber oder was. Und warum sie vorhin nicht abgenommen habe, er habe extra in der großen Pause angerufen. Er habe heute keine Lust gehabt, in die Schule zu gehen. – Sein Ton war sehr grob. Aber das störte sie nicht. Er muss so reden, dachte sie, er ist gekränkt. Er kann nicht wissen, was war. Und wenn man gekränkt ist, redet man so. Jetzt sagte sie es ihm. Zweimal sogar sagte sie es ihm. Da war lange kein Wort mehr zwischen ihnen.

»Ich habe gedacht, du magst mich nicht«, sagte er.

Seine Stimme war weich und höher, wie die Stimme eines Buben war sie, und zum zweiten Mal innerhalb weniger Stunden musste Madalyn an die zierlichen Gebilde denken, die ihre Mutter als Kind im Winter an die Fensterscheiben gehaucht hatte – so war seine Stimme. Jetzt hatte sie es ihm wieder wegen etwas anderem gesagt als wegen des reinen Gefühls. Sie hatte es gesagt, damit er nicht mehr gekränkt sei und anders mit ihr rede, nicht so grob und kalt. Am Ende des Telefonats wollte sie es noch einmal sagen, das nahm sie sich vor. Ich sage Ciao, er sagt Ciao, und ich sage es und lege auf. Am liebsten wäre ihr gewesen, sie würden irgendwann über irgend etwas diskutieren, über Gedichte oder über Afrika oder über Bier und Zigaretten reden, dann würde sie es mitten in einen Satz hinein sagen. Dann wäre es richtig.

»Ich bin gestern abend ins Flex gegangen und habe mich betrunken«, sagte er. – Sie wusste nicht, was das Flex war. – »Ich habe gedacht, ich habe jetzt endlich alles kaputtgemacht. Nicht, weil ich gelogen habe, sondern weil ich eben nicht gelogen habe. Ich habe gedacht, es ist besser, wenn man lügt. Aber bei dir will ich nicht lügen, Madalyn. Ich habe gedacht, jetzt habe ich draufgezahlt, hätte ich doch lieber gelogen wie immer.«

Sie musste dringend in die Klasse zurück. Frau Prof. Petri würde nach ihr sehen, wenn sie so lange fortblieb. Sie mochte Frau Prof. Petri sehr gern, aber sie mochte es nicht, dass sie von ihr so sorgenvoll behandelt wurde, keine andere wurde so behandelt. Plötzlich verspürte sie einen Drang, Moritz zu erzählen, dass sie einen Zwanzigeuroschein aus dem Direktorat gestohlen hatte, und sie erzählte es ihm.

»Hast du ein schlechtes Gewissen?« fragte er.

»Das hab ich, ja«, sagte sie, »sehr.« Aber das stimmte nicht. Sie hatte kein schlechtes Gewissen. Er hatte zusammen mit seinen Freunden versucht, einen Zigarettenautomaten aufzubrechen, und sie hatte aus dem Direktorat zwanzig Euro geklaut. Er und seine Freunde hatten es nicht geschafft. Sie schon. Sie war schlechter. Und angenommen, es war der Mantel von Frau Prof. Petri gewesen. Das wäre dann besonders mies. Weil Frau Prof. Petri sie besonders mochte. Ein schlechtes Gewissen hatte sie trotzdem keines.

»Gib ihn halt morgen einfach wieder zurück«, sagte er. »Leg ihn einfach auf den Schreibtisch.«

»Ich hab's nicht.«

»Das treiben wir schon auf«, sagte er.

Nach der Stunde sagte Frau Prof. Petri zu Madalyn, sie würde es sehr begrüßen, wenn sie zusammen mit der 5 b nach Weimar fahre. Drei Plätze für Schüler aus anderen Klassen seien frei. Einen wolle sie auf alle Fälle für Madalyn reservieren. Sie entschuldigte sich auch, weil sie ihr erst so spät damit komme. Wenn es Madalyn wünsche, werde sie gern mit ihren Eltern sprechen. Madalyn gab ihr die Handynummer ihrer Mutter.

Erst nach einer Weile wurde ihr bewusst, dass sie, wenn es klappte, eine Woche – eine ganze Woche! – mit Moritz zusammensein würde. Aber auch mit Claudia.

20

Als Madalyn nach Hause kam, hatte Frau Prof. Petri bereits angerufen.

Die Mutter war nicht abgeneigt. Im Gegenteil. Sie setzte sich nach dem Essen mit Madalyn an den Computer, und sie riefen sich Bilder von Weimar herbei, tauchten mit Google Earth aus dem Weltall auf die Stadt nieder und surften durch Wikipedia und andere Informationsseiten – was Madalyn aber bald langweilig wurde.

»Darf ich oder darf ich nicht?« war alles, was sie sagte.

»Soll ich dir den Rücken kratzen?« fragte die Mutter, rülpste leise und spielte ein verdutztes Gesicht. Sie wollte es spannend machen, und das ging Madalyn dermaßen auf die Nerven, dass sie am liebsten geschrien hätte. Sie wusste, was folgen würde; wetten, eine Geschichte aus ihrer Kindheit, etwas kleines Schönes mit großer Bedeutung, etwas »sehr Zauberhaftes«, immer das gleiche, allzu viele unversehrte Erinnerungen hatte sie wohl nicht; eine Belehrung in Wahrheit, die obendrein raffiniert sein wollte – als sie sich selbst einmal auf etwas so sehr gefreut habe und wie »zauberhaft« es gewesen sei, zu hoffen und zu bangen, und dass Hoffen und Bangen das Beste an jeder Freude seien, oder etwas Ähnliches, was garantiert damit enden würde, dass sie verkündete, die Entscheidung Weimar ja oder nein hänge von Madalyn ab, allein von ihr – Erpressung also, die sich bei jeder Winzigkeit in Sätzen wie ›Du musst selber wissen, ob du …‹ oder ›Meinst du wirklich, es ist günstig, wenn du …‹ zeigen würde, und das bis in die letzten Minuten vor der Abreise hinein.

»Nein«, sagte Madalyn, »du sollst mir nicht den Rücken kratzen«, und ging in ihr Zimmer.

Nach einer Weile klopfte die Mutter an die Tür, es war mehr ein gekratztes Trommeln. »Ich denke«, sagte sie, »du hast mir nicht verziehen. Irgendwann solltest du es aber tun, Madi. Könnte gut sein, dass es mir irgendwann wurscht ist. Kinder zu haben ist eine Art von Depression. Ha, ha ...«

Dem Witz ihrer Mutter war Madalyn nicht gewachsen, dem siebensüßen Lächeln, mit dem sie ihre Gemeinheiten zu Scherzchen umschmückte, schon gar nicht; gegen ihre Anfälle hatte sie immerhin eine Strategie. Sie wollte nicht mehr. Sie wollte das Feld räumen. Die Mama und Claudia sollten sich denken, die haben wir fertiggemacht; aber dazu die Freude am Fertigmachen sollten sie nicht kriegen; sie gab auf, bevor die beiden ausholen konnten. So wär's richtig. Sie setzte sich an ihren Schreibtisch, der ein Kinderschreibtisch war, an dessen Rändern lustige Tiere pickten, rundlich und in den Grundfarben. Sie war nicht traurig und nicht verzweifelt, nicht voll Hoffen und Bangen, sie war schlecht gelaunt. Und müde. Jede Handbewegung fiel ihr schwer; nämlich, weil kein ausreichender Grund bestand, die Hand zu bewegen. Sie musste dringend aufs Klo; aber das Wasser zurückzuhalten schien ihr das Interessanteste, was das Leben im Moment zu bieten hatte. Sie legte ihr Gesicht auf die Schreibtischplatte und leckte über das lackierte Holz; flüsterte viele Male hintereinander »Galileo Galilei, Galileo Galilei ...«, und ihre Zunge hüpfte über den Gaumen wie eine geschmeidige Comicfigur; aber es gelang ihr nicht mehr, sich damit aufzuheitern; sie ärgerte sich um so mehr; allein, weil sie es probiert hatte; als wäre sie immer noch acht und hätte den Namen des großen Forschers gerade erst entdeckt – sie hatte ihn damals für einen Clown gehalten. Sie roch aus dem Mund nach Schokolade. Die hatte sie ohne Bedenken in sich hineingefuttert, als sie vor dem Computer saßen, eine Tafel, zack weg. Ihre Mutter mochte keine Milchschokolade, sie nur und am liebsten mit Nuss oder die eine mit Pistazien. Ich werde fett und komisch werden wie ein Aufkleber auf einem Kinderschreibtisch, dachte sie. Soll sein! Um sich Claudia vorzustellen, brauchte sie sich keine Mühe zu geben. Die heilige Schönheit war um einen halben Kopf größer als sie, und auch wenn sie dicker wäre, würde sie schlanker aussehen. Das lag an den langen Beinen und den langen Armen und an dem langen Hals. Turnerinnen sind nicht fett und werden es nicht, auch wenn sie Schokolade fressen. Wie sah sie ohne Schminke aus? Und die Haare ohne Färbe? Dass Moritz Claudia anlog und ihr, Madalyn, die Wahrheit sagte, konnte genausogut etwas nicht so Günstiges bedeuten, nämlich: Verliebtheit in Claudia und Nicht-Verliebtheit in Madalyn. Er hatte gesagt, es sei umgekehrt. Aber: Wo man die Wahrheit sagt, hat man nichts zu befürchten; wo man lügt, schon. Und wenn wir beide in Weimar sind, Claudia und ich? Wen wird er anlügen, mich oder sie? Sie wollte nicht nach Weimar. Er schaut nach ihr, sie schaut nach ihm – nicht einen einzigen Blick zwischen den beiden würde sie aushalten. Sie wollte aufgeben. Man lügt, weil man ein besseres Bild von sich zeichnen will. Wenn man befürchtet, so, wie man ist, reicht's nicht. Und bei mir reicht's?

Sie hörte ihre Mutter, wie sie demonstrativ vor der Tür zum Kinderzimmer ihre Sachen fürs Training zusammenpackte, und konnte an den Geräuschen, die sie dabei erzeugte, abschätzen, wie hoch ihr Zornpegel inzwischen war; und zum ersten Mal dachte sie: Sie ist verrückt, verrückt, verrückt; keine normale Mutter geht vier- bis fünf-, sogar bis zu sechsmal in der Woche zu John Harris am Margaretenplatz, um zwei Stunden und länger Gewichte zu stemmen, sich in Zug-, Dehn- und Hebemaschinen einzuspannen, gegen einen mannshohen Ledersack zu boxen, auf Förderbändern zu marschieren, am Boden festgeschraubte Fahrräder zu treten und in einem Fünfundzwanzig-Meter-Becken hin- und her- und hin- und herzuschwimmen – und warum, bitte? –, um »schwungvoll und geschäftsmäßig« auszusehen, wie sie ihrer Tochter einmal erklärt hatte.

Hoffentlich verschwindet sie bald, dachte Madalyn, und hoffentlich kommt sie vorher nicht noch einmal in mein Zimmer.

21

Er wolle sehr lange mit ihr telefonieren, sagte Moritz.
»Bist du allein?«
»Ja.«
»Ich auch.«
Sie solle sich die Kopfhörer in die Ohren stecken, das sei bequemer, er tue das auch. Ob er sie in einer Minute anrufen könne, fragte sie, sie müsse die Stöpsel erst suchen und das Kabel entwirren. Sie solle das Handy auf laut stellen, sagte er, es koste sie ja nichts, er habe sie ja angerufen, nicht sie ihn, es interessiere ihn, wie sie sich in ihrem Zimmer bewege, das sei, als ob er bei ihr wäre. Das gefiel ihr, und gleich war sie besser gelaunt. Sie machte absichtlich Geräusche und redete vor sich hin, nicht dass er am anderen Ende nichts hörte; beschrieb ihm ihr Zimmer, vergrößerte es und beschrieb es interessanter, als es war; sie glaubte nicht, dass er es je sehen würde. Auf einmal spürte sie eine zärtliche Zuneigung zu den Dingen hier. Sie legte sich ins Bett, deckte sich zu, steckte die Stöpsel in die Ohren und ließ nur ein winziges Loch, um Luft zu holen. Er tue das gleiche, sagte er. Zuerst plauderten sie über Schule, Freunde, Bekannte, Mathe. Dass Frau Prof. Petri sie eingeladen hatte, zusammen mit seiner Klasse nach Weimar zu fahren, sagte Madalyn nicht.

Schließlich erzählte Moritz von seiner Mutter.
»Du bist der erste und einzige Mensch, mit dem ich darüber rede«, sagte er.

Er sei elf gewesen, als seine Mutter von zu Hause auszog. Vorausgegangen war ein so heftiger Streit zwischen seinen Eltern, dass er meinte, es werde nie wieder in seinem Leben irgend etwas gut. Der Vater hatte geschrien, bis ein Gefäß in seiner Lunge riss und er Blut spuckte. Die Mutter hatte einen Freund, und der Vater war dahintergekommen. Moritz wusste es schon lange. Er hatte die beiden erwischt, wie sie am Abend beim Haydn-Park im Auto gesessen und geschmust hatten. Er hatte das Gesicht an die Scheibe gedrückt, nun konnte niemand mehr etwas weglügen. Die Mutter gestand alles und flehte ihn an, dem Vater nichts zu verraten. Und er versprach es. Er lernte den Freund der Mutter kennen und fand ihn nett und völlig normal. Der Freund veranstaltete riesigen Blödsinn mit ihm und schenkte ihm Rätselhefte und andere Sachen und spielte mit ihm ein Spiel, das hieß Schlechte Menschen, man durfte alles sagen, was man sonst nicht sagen durfte, und sich Sachen ausdenken, die mies waren, wie zum Beispiel einen Nagel nehmen und einem satten Mercedes einen Kratzer von der Motorhaube bis zum Kofferraum einziehen. Der Vater hatte immer schon etwas vermutet und war immer schon misstrauisch gewesen. Deshalb, so die Mutter und ihr Freund, sollte Moritz sagen, und zwar von sich aus und ohne dass ihn der Vater etwas fragte, er sei zusammen mit der Mutter am Nachmittag in Schönbrunn herumspaziert, sie hätten Frisbee gespielt und oben bei der Gloriette ein Eis gegessen, und er solle sich anstrengen, damit es glaubwürdig klinge. Das konnte er gut. Und der tat es gern. Beim nächsten Mal fragte er, ob er sich wieder eine Geschichte ausdenken dürfe. Und beim übernächsten Mal auch. Seine Geschichten wurden immer ausgefeilter. Er merkte nämlich, je komplizierter eine Geschichte war, desto glaubwürdiger wirkte sie, weil sich jeder denkt, so etwas kann man sich gar nicht ausdenken. Zum Beispiel, dass sie jemanden getroffen hätten, der auf dem Kopf eine Lederkappe und auf der Lederkappe einen Falken gehabt, aber so getan habe, als wäre alles völlig normal. Wo gibt's das schon? Aber wenn das wahr ist, ist gleich auch alles andere wahr, was man erzählt. Am nächsten Tag berichtete die Mutter ihrem Freund, was Moritz dem Vater wieder für eine tolle Geschichte aufgetischt habe, und der Freund lobte ihn. Die drei waren eingeschworen; aber eigentlich nicht, denn Moritz hatte Mitleid mit dem Vater, obwohl er es ihm gönnte, denn er war oft sehr grob zu ihm, und ein schlechtes Gewissen hatte er auch. Aus Gerechtigkeit machte er eines Tages dem Vater gegenüber eine Andeutung. Der Vater gab ihm einen Wischer über die Ohren, holte die Mutter und sagte, er solle auf der Stelle wiederholen, was er ihm gesagt habe. Das wollte er nicht, also wiederholte es der Vater. Die Mutter erfand in der Sekunde einen Grund, warum Moritz eine Wut auf sie habe und sich in seiner Wut solche gemeinen Sachen ausdenke. Ihre Geschichte war so gut, dass der Vater ihr glaubte. Sie war deshalb so gut, weil die Mutter von Moritz gelernt hatte. Als sie mit ihm allein war, lieferte sie ihm ein Höllentheater. Er stritt alles ab. Er behauptete, der Vater habe gelogen, habe einfach irgend etwas behauptet, und was er, Moritz, angeblich angedeutet habe, das habe der Vater erfunden, der Vater sei nur zu feig gewesen, selber zu sagen, was er sagen wollte, und habe ihn deshalb vorgeschoben. Die Mutter glaubte Moritz. Auch der Freund glaubte ihm. Der Vater müsse irgendwie Verdacht geschöpft haben, sagte er und gab Moritz den Auftrag, herauszufinden, was der Vater wisse, vermute oder ahne. Aber Moritz traute sich nicht, den Vater zu fragen. Wie hätte er das tun sollen, ohne dass der Vater gedacht hätte, er mache wieder eine verlogene Anspielung? Andererseits merkte er, dass der Freund und bald auch die Mutter misstrauisch gegen ihn wurden, und er hatte ein schlechtes Gewissen auch ihnen gegenüber, er kam sich wie ein Verräter vor, und ein Verräter war er ja auch. Außerdem hatte er sich an den Nachmittagen sehr wohl gefühlt mit den beiden, denn immer, wenn sie zurückkamen, setzten sie sich zu ihm in die Küche oder luden ihn in eine Konditorei ein, und jedes Mal brachte der Freund etwas wirklich Überraschendes mit. Die Mutter war stolz auf ihren Freund, und sie küsste ihn ganz offen vor Moritz. Auch den Vater küsste sie gern vor Moritz. Der Vater aber war sich nicht sicher, ob Moritz tatsächlich mit seiner Anspielung gelogen oder ob er die Wahrheit gesagt, dafür aber die Mutter gelogen hatte. Er nahm sich seinen Sohn vor und stellte ihn scharf zur Rede.

Am Ende befahl er ihm, Augen und Ohren offenzuhalten und ihm unverzüglich alles zu melden, was er sehe und höre. Der Vater wollte unbedingt etwas rauskriegen, unbedingt, er würde erst zufrieden sein, wenn er etwas rauskriegte. Darum erfand Moritz nun auch eine Geschichte für ihn. Darin hatte die Mutter einen Freund, aber es war ein anderer als der wirkliche, und sie traf sich mit ihm, aber unter anderen Umständen als in Wirklichkeit. Er dichtete der Mutter ein Verhältnis mit einem Mann an, den es nicht gab, um ihr wirkliches Verhältnis mit dem Freund nicht zu verraten. Deshalb war es zu dem furchtbaren Streit gekommen, und die Mutter war ausgezogen. Sie sagte zu Moritz, sie wolle ihn nie wieder im Leben sehen. Und sie hat ihn nie wiedergesehen bis zum heutigen Tag. Und auch der Vater hatte einen Zorn auf Moritz. Denn am liebsten wäre ihm gewesen, er hätte von alldem nichts gewusst. Er gab seinem Sohn die Schuld, dass alles kaputt war. Deshalb hatte er ihn zu seiner Schwester gegeben, die in der Stuwerstraße 4 im zweiten Stock mit den bunten Vorhängen und dem Rollo wohnte.

Als ihre Mutter vom Training nach Hause kam, lief ihr Madalyn entgegen, umarmte sie und bat sie, ihr zu verzeihen; es tue ihr so leid, sagte sie, sie sei schlecht gelaunt gewesen, weil eine Mitschülerin sie vor der ganzen Klasse aufgezogen habe, und dann habe sie die schlechte Laune an ihr ausgelassen – das Thema Weimar wollte sie lieber nicht anschneiden; sie wisse, das sei ungerecht und egoistisch, sie solle ihr bitte nicht mehr böse sein. Spielend gelang es ihr, Tränen aufsteigen zu lassen. Der Mutter stiegen ebenfalls Tränen auf, echte; sie drückte Madalyn an sich und entschuldigte sich nun ebenfalls, sagte, es sei sicher schrecklich, wie sie beide manchmal miteinander stritten, in Wahrheit aber hätten sie eine wunderbare Mutter-Tochter-Beziehung; sie kenne eine Menge Leute, die sich nie stritten, aber ihre Beziehung sei hundsmiserabel; so, wie sie es hätten, sei es viel besser; ob Madalyn das auch denke. Ja, das denke sie auch, sagte Madalyn. Aber sie dachte an etwas ganz anderes.

Diese Mitschülerin, sagte sie, sei so gemein zu ihr gewesen.

»Die Bea Haintz?« fragte die Mutter.

»Eben, die Bea«, log Madalyn. »Bei jeder Gelegenheit macht sie mich nieder. Heute abend findet bei der Sophie Herbert eine Geburtstagsparty statt. Die kennst du, glaub ich, nicht, ich habe mich mit ihr angefreundet, eine Stille ist sie, aber wahnsinnig lieb, ich mag sie so, und sie will unbedingt, dass ich komme, am liebsten würde sie nur mit mir allein Geburtstag feiern, hat sie gesagt, aber das geht nicht, weil sie schon alle ihre Freundinnen eingeladen hat, bevor wir beide uns angefreundet haben, auch die Bea hat sie eingeladen, und die ist jetzt eifersüchtig auf mich und hat mich so niedergemacht, das kannst du dir nicht vorstellen. Jetzt will ich dort nicht hingehen. Die Sophie hat mich dreimal angerufen, weil sie unbedingt will, dass ich komme. Sie hat gesagt, sie lädt die Bea aus, wenn ich das will. Aber das will ich doch auch nicht.«

Die Mutter sagte, Madalyn müsse auf alle Fälle zu dieser Geburtstagsparty gehen. »Wann fangt ihr an?«

Madalyn ahnte, was hinter dieser Frage steckte: Wann kommst du heim?

»Schon um sechs«, sagte sie deshalb.

»Bist du um zehn wieder zu Hause?« fragte die Mutter.

»Leicht«, sagte Madalyn.

Die Mutter nahm ihr Gesicht zwischen die Hände. »Spätestens um elf?« und knabberte an Madalyns Nase.

22

Sie zog ihr hübsches schwedisches Angorajäckchen an, quergestreift in den sieben Farben des Regenbogens, die wegen der langen Härchen ineinander übergingen; und darüber den Wintermantel. Sophie Herbert habe angekündigt, man werde im Garten ein paar Raketen abschießen. Ein Garten mitten in der Stadt, fragte die Mutter. Wo die Party denn gefeiert werde. Madalyn wusste nicht einmal, wo Sophie Herbert wohnte. Sie murmelte, dass sie etwas falsch verstanden habe oder so und warum die Mama gleich wieder so misstrauisch sei, und war draußen zur Tür.

Mit Moritz hatte sie sich für acht Uhr verabredet. Sie fuhr mit der U4 zum Schwedenplatz und weiter mit der U1 zur Alten Donau, spazierte über die Brücke und am Wasser entlang; zwang sich zu einem gemessenen Spaziertempo, am liebsten wäre sie gerannt; und fühlte sich eingeschnürt und aus der Welt und als wäre nicht genügend Kraft in ihr, die zwei Stunden mit Gedanken und Bewegungen zu füllen, und hätte sich zugleich am liebsten auf den Boden fallen lassen. Und wenn er sie so finden würde? Und er sich denken müsste, es stehe kritisch um sie? Alles wäre Wahrheit zwischen ihnen. Sie meinte, sie kenne den Wert von gar nichts, von Liebe nicht, von Treue nicht, von Wahrheit nicht, nicht von Gerechtigkeit und nicht von Freiheit. Bisher hatte sie nicht berühmt über solche Dinge nachgedacht, und wenn sie jemanden darüber hatte sprechen hören – ihre Englischlehrerin tat das manchmal, aber in einer anderen Sprache –, dann hatte sie sich an der Diskussion nicht beteiligt und ihrem Kopf Urlaub gegeben, weil es eigentlich nicht um die Sache, sondern nur um die Worte ging. Niemals war sie einem Menschen wie Moritz begegnet, und nie wieder in ihrem Leben, dachte sie, würde sie jemanden wie ihn kennenlernen. *Er* lebte in diesen großen Dingen, wenigstens in einigen davon. Ob *sie* die Wahrheit sagte oder nicht, spielte keine Rolle, hatte wenigstens bisher keine gespielt. Bei ihm war die Wahl zwischen Wahrheit und Lüge eine Wahl zwischen Liebe und Hass, fast wie zwischen Leben und Tod. Bei allen Launen ihrer Mutter wusste sie doch, dass sie gemocht wurde; und auch wenn sie dem Vater nicht einen Millimeter hinter die Stirn schauen konnte, war doch klar, dass sie sein Liebling war und dass er sich zwischen seiner Frau und seiner Tochter für seine Tochter entscheiden würde, wenn's darauf ankäme. Und Hass? Was ist Hass? Schlechte Laune ist kein Hass und Jähzorn auch nicht, und wenn man bockt und einen Tag oder zwei mit keinem Wort rausrückt, ist auch das noch lange kein Hass. Aber wenn eine Mutter abhaut und ihren Sohn zurücklässt und sich nie mehr meldet, zu Weihnachten nicht und nicht am Geburtstag, nicht anruft, kein Mail schickt, nicht einmal ein SMS, dann muss der Mensch Hass dazu sagen. Und wenn ein Vater seinen Sohn abschiebt, weil er ihm nicht ins Gesicht schauen kann, was soll der Mensch anders dazu sagen? Ich muss ihn so ausdauernd in meinen Armen warm halten, bis alles gut wird, dachte sie. Und wenn es ein Leben lang dauert? Sie spürte eine Gänsehaut auf den Wangen, und das hatte sie noch nie gespürt.

Sie ging jetzt wieder schnell, eilte an dem Glücks- oder Unglückshaus vorbei, zog die Schultern hoch, als wäre auf dessen Innenwände geschrieben, was dort gleich geschehen würde. Aber das war alles nur Phantasie im Kopf einer gewissen Madalyn Reis. Die Fenster waren mit Latten zugenagelt und blind und sahen nicht wie Augen aus, was bei Häusern manchmal vorkommt. Kein Geheimnis. Das verwitterte Türkis wirkte auf sie nicht ein Spürchen verloren und verlassen, im Gegenteil, es war das freakigste Haus am Weg, das heiterste, und hätte sie viel Geld gehabt und sich eines aussuchen können, sie hätte dieses genommen und bestimmt kein anderes. Aber wenn man verzweifelt ist, wie es Moritz gewesen war, dachte sie, tritt einem wahrscheinlich die Fröhlichkeit in Person traurig entgegen, und Türkis kommt einem vor wie eine Trauerfarbe. Oder es war gar nicht so gewesen, wie er erzählt hatte. Sie jedenfalls konnte sich nicht vorstellen, dass sie an einem Haus vorbeifährt und sich denkt, dieses Haus ist wie ich. Aber sie wäre gern eine gewesen, die so denkt. Ich bin einfach nichts Besonderes, dachte sie wieder. Ob Moritz über Liebe, Treue, Wahrheit nachdachte? Ob er mit seinen Freunden darüber diskutierte? Oder mit Claudia? Bitte nicht mit Claudia, dachte sie und presste die geballten Fäuste gegen den Mund. Seine Telefonstimme war anders, als wenn sie ihn vor sich sah, ruhiger, erwachsener, auch schon brutaler; manchmal sank sie am Satzende ab zu einem rauhen Bass – wegen der Zigaretten? –, was ihr aber sehr gut gefiel. Den stillen Moment, der folgte, durfte sie nicht unterbrechen, sonst würden sich die kleinen Träume nicht festhalten lassen, die darin aufflatterten. Auch große Träume waren schon darunter gewesen: dass sie miteinander fortgehen zum Beispiel, Madalyn und Moritz, Moritz und Madalyn, in ein Land, dessen Sprache sie nicht verstehen, in eine Stadt in Afrika zum Beispiel, wo sich kein Mensch um Formalitäten scherte, und dass dies der Anfang wäre von allem, was aus ihnen werden könnte, und es könnte tatsächlich aus ihnen etwas werden. Solche Träume hatte sie sich schon oft zusammengesponnen, an den leeren Nachmittagen oder am Abend vor dem Einschlafen oder in der Schule; dieser Träume wegen liebte sie den Geographieunterricht und die Stimme von Herrn Prof. Lunzer, und wenn er mit den Fingerspitzen unter die Brille fuhr und sich die Augen rieb. Bisher hatte sie sich immer allein in den fremden Ländern und Städten gesehen, in derben Abenteuerschuhen und unverwüstlichen Jeans mit nichts weiter als einem Rucksack, die Sonnenbrille ins Haar hinaufgesteckt und Dextropur in der Hosentasche. Zu Hause war sie mit Hilfe der Googlekamera durch London gehüpft und durch New York, durch Madrid und Lissabon und hatte sich Lagos und Kapstadt vom Himmel aus angesehen und Istanbul und Kuala Lumpur, aber auch die Strände von Panama, die Amazonasmündung und den Verlauf des Kongo. Sie konnte sich gut vorstellen, mit Moritz in einer kleinen Wohnung zu leben, in einem tropischen Land, von draußen Stimmen und Autohupen, am Fenster ein Rollo wie in seinem Zimmer, ein rotes, durch das die Sonne schien und Schattenstreifen auf den Küchentisch warf, wo sie saßen und etwas Scharfes aßen und den Tag besprachen. Es war ihm so viel angetan worden. Er denkt, er hat niemanden. Sie hätte wetten wollen, weder sein Vater noch seine Mutter, noch der Freund seiner Mutter hatten ein schlechtes Gewissen. Er hat gelogen, weil er Angst hatte, man könnte ihn nicht mehr mögen, wenn er die Wahrheit sagte, und jetzt meint er, er muss weiterlügen, immer lügen, und traut sich nie zu sagen, was in ihm vorgeht. Aber, dachte sie, mir kann er es doch sagen, ich werde ihn immer mögen, und je ehrlicher er zu mir ist, desto mehr lieb werde ich ihn haben. Sie fürchtete aber – und dagegen konnte sie sich nicht wehren, es war wie scharfes Tabasco –, er könnte ihr diese traurige Geschichte nur deshalb erzählt haben, um sie aufzuweichen; um sie auf etwas anderes vorzubereiten. Sie kannte sich nicht mehr aus, wusste nicht, ob sie sich über sein Vertrauen freuen oder ob sie sich vor einem abermaligen Geständnis fürchten sollte – jedes Geständnis eine neue Wahrheit, die durch das nächste Geständnis wieder zu einer Lüge würde. Ganz sicher war sie sich, dass heute abend etwas Wichtiges geschehen wird.

Am Nachmittag war es warm geworden, und auch jetzt wehte ein angenehmer Wind. Vom Wasser herauf roch es nach Frühling, nach Stroh und Strand und imprägniertem Holz. Sie nahm den Mantel unter den Arm. Spaziergänger kamen ihr entgegen, und vor dem einen oder anderen Wochenendhaus wurde im Garten gearbeitet, im Unterhemd schon. Bei den Bootshäusern waren Männer damit beschäftigt, die kleinen Schiffe zu streichen, rot, blau, gelb und weiß. Nur an wenigen Stellen konnte sie das Wasser sehen, weil die meisten Strände und Piere privat waren und Hecken davor wuchsen oder übermannshohe Schilfmatten an die Zäune gebunden waren. Sie kam zu einer kleinen Parkanlage, dort waren Tische und Bänke aus Holz, die wurden überdacht von einem weit ausladenden Baum. Sie setzte sich beim Wasser auf eine Bank und schaute zur Uno-City hinüber, deren Wolkenkratzer in den abendblassen Himmel zeigten. Den Mantel legte sie sich um die Schultern, den Kragen stellte sie auf, um enger bei sich selbst zu sein. Möwen und Schwalben flogen vorbei, die Schwalben in einer Wendigkeit, dass ihre Augen nur so flitzten. Eine Betonstiege führte zum Wasser hinunter und weiter ins Wasser hinein, wo sie von einem Pelz aus Algen bedeckt war. Immer wieder holte sie ihr Handy aus der Tasche, um auf dem Display zu sehen, wie spät es war. Im Sommer war sie manchmal mit ihren Eltern in der U-Bahn bis Kaisermühlen gefahren, sie hatten die Räder mitgenommen und Proviant und eine Decke und waren nebeneinander auf dem schnurgeraden Weg geradelt, von einem Ende der Donauinsel zum anderen und wieder zurück. Sie hatte die Eltern mit Kunststückchen auf ihrem kleinen Rad unterhalten und dazu Grimassen geschnitten. Ihr Vater hatte ihr alles nachgemacht, und sie musste vom Rad steigen vor lauter Lachen, und die Mutter hatte fotografiert.

Sie schlenderte ein Stück den Fluss hinunter. Hier duftete es nach Pommes. In einem der Bootshäuser war eine Restauration. Sie hatte Hunger. Sie würde eh nichts runterkriegen. Jedenfalls nicht, bevor Moritz da war. Außerdem hatte sie kein Geld, nicht einen Cent. Hundert lange Schritte wollte sie gehen und dann umdrehen. Auf einmal war sie sich nicht mehr sicher, ob ein bisschen längere Haare nicht doch besser wären. Moritz hatte gesagt: Sie wachsen ja wieder. Einen Struwwelpeterkopf wie früher wollte sie bestimmt nicht mehr. Färben wäre nicht schlecht. Am besten gleich schwarz. Aber das durfte sie nicht, nein, niemals.

Schließlich war sie wieder bei dem Haus angelangt. Im Vorgarten wuchs ein Nadelbaum, der überragte alle Bäume der Umgegend. Und eine Palme war da, kurz, mit einem Stamm wie eine grau verholzte Riesenananas. Daneben stand eine Figur aus Zement ohne Kopf, Speer und Schild in Händen und Schwert am Gürtel und einen kurzen Rock wie ein römischer Soldat. Das war ihr beim letzten Mal alles nicht aufgefallen. Auch der Zaun schien ihr höher.

Und viel mehr Leute waren auf dem Weg, Radfahrer, Spaziergänger, Jogger. In der aufkommenden Dunkelheit sah das Haus nicht mehr freundlich aus. Man konnte sich mit Phantasie gut vorstellen, dass es einmal freundlich gewesen war, das schon; jetzt war es duster und heruntergekommen. Vielleicht war Moritz an einem Abend daran vorbeigefahren oder bei Regen. Wahrscheinlich. In einer Viertelstunde war es acht. Sie spürte ihr Herz pauken.

Sie sah ihn. Sah ihn von weitem. Er kam gelaufen. Er beeilte sich. Sie stand an der Hecke gegenüber dem Eingang. Er konnte sie nicht sehen. Er war gut fünf Minuten zu früh. Nach ihrem Handy genau sieben Minuten. Und dennoch beeilte er sich. Das machte sie glücklich. Das fegte den Kummer aus dem Kopf. Sie trat aus dem Schatten, und ohne ein Wort umarmte er sie. So hatte sie es sich gewünscht. Sie musste sich strecken, um an seinen Mund heranzukommen, und er musste sich zu ihr niederbeugen. Seine großen Hände lagen auf ihrem Rücken. Sie werden kalt sein, dachte sie und nahm sie in ihren Mantel und klemmte sie sich unter die Achseln.

»Schnell«, flüsterte er, »jetzt ist es günstig.«

Auf dem Weg war niemand zu sehen, der Himmel schimmerte schwach. Moritz hob Madalyn hoch, bis sie sich an der Querstange des Zaunes festhalten konnte. Gleich war sie drüben. Und gleich war er bei ihr. Madalyn lief voraus, lief um das Haus herum und stellte sich in die Nische neben der Hintertür. Moritz machte seine Griffe, und sie waren drinnen.

23

Stockdunkel war es hier. Moritz hatte seinen Rucksack bei sich.

Sie solle sein Feuerzeug über ihn halten, bis er ausgepackt habe. Er hatte zwei Becher mit Fruchtjoghurt aus dem Kühlschrank seiner Tante genommen, Himbeere und Kirsch, zwei Löffel dazu. Zwei Käsebrote und zwei Wurstbrote holte er aus dem Rucksack, jedes selber belegt, eine Tomatenscheibe dazu, bei der Wurst eine Essiggurke, alles zusammen eingewickelt in Alufolie, plus Papierservietten. Eine frische Schachtel gelbe Parisienne hatte er auch mitgebracht. Und vier kleine Flaschen Bier, Corona, das beste. Der Freund seiner Tante trinke nur Corona, das sei mexikanisches Bier, leichter als Ottakringer oder Zipfer. Extra für Madalyn. Die vier Flaschen habe er offiziell geschenkt bekommen.

»Sind in deinem Depot keine mehr?« fragte Madalyn.

Und an Kerzen hatte er auch gedacht.

Sie ließen ein paar Tropfen Wachs auf die Stufen fallen, drückten die Stummel darauf und setzten sich auf die Stiege und waren umgeben von einem Kreis aus flackerndem Licht, als wären sie Gegenstand einer Beschwörung.

Moritz konnte nicht genug kriegen vom Küssen und Umarmen. Er sagte dabei etwas, immer wieder. Sie konnte ihn aber nicht verstehen. Wollte nicht fragen. Hätte nicht gepasst. Obwohl sie schon neugierig gewesen wäre. Es war immer das gleiche, was er sagte, und das hatte wahrscheinlich etwas zu bedeuten. Oder nicht? Er roch gut. Er habe sich rasiert. Extra für Madalyn. Ihren Hinterkopf hielt er mit der Hand. Das war schön.

Als sie gegessen und zusammen ein Bier getrunken hatten, wussten sie eine Zeitlang nicht, was sie sagen sollten. Vielleicht darum, weil Madalyn nach dem Bierdepot gefragt hatte.

»Ich weiß, was du denkst«, sagte er endlich.

»Du weißt es nicht«, sagte sie. »Du kannst es nicht wissen. Hast du mit Claudia geschlafen?« Und bevor er antworten konnte, präzisierte sie: »Hast du mit Claudia hier in diesem Haus geschlafen?«

Es war flackernder Kerzenschein um sie herum, aber sie konnte dennoch sehr gut in seinem Gesicht sehen, wie er sich zu einer Lüge rüstete. Und er hat wohl in ihrem Gesicht gesehen, dass sie ihm nicht glauben würde, diesmal nicht.

»Ja, hab ich«, sagte er.

»Aber nicht heute, gell?«

»Heute? Natürlich nicht!«

Sie musste weinen, und das ging nicht leise. Sie entzog sich seinen Armen, lief über die paar Stufen hinunter und stellte sich ans Fenster, drückte die Hände vors Gesicht und beugte sich vor, weil sich ihr Bauch verkrampfte.

»Und gestern war ich in der Nacht mit ein paar Freunden hier, ich geb's zu, und wir haben das Bier weggetrunken, drum ist nichts mehr da. Ich hab dich angelogen. Tut mir leid, Madalyn. Später sind wir ins Flex gegangen. Tut mir leid.« Und sagte noch einmal: »Ich weiß genau, was du jetzt denkst.«

Und sie sagte noch einmal: »Du kannst gar nicht wissen, was ich denke!«

Er kam zu ihr herunter, stellte sich dicht hinter sie. Er traute sich nicht, sie zu berühren. Sagte dauernd ihren Namen, am Ende ohne jede Betonung. Und wollte wieder etwas erzählen. Aber das hätte sie nicht ausgehalten.

»Du lügst nur wieder«, sagte sie mit viel zu hoher Stimme. »Warum lügst du immer? Warum? Ich glaub dir nichts mehr. Ich kann dir nichts mehr glauben, Moritz. Mich hättest du niemals anzulügen brauchen. Du lügst einfach, weil du lügst. Warum tust du das?«

Er ging zur Treppe zurück. Drehte aber erst eine kleine Runde durch den Raum, die Hände in den Taschen; wischte mit den Schuhen über den Boden. Sie beobachtete ihn von der Seite.

»Komm zu mir«, sagte er.

Er setzte sich auf die Stufen, stützte den Kopf in die Hände. Seine Schultern zitterten leicht. Aber sie glaubte es ihm nicht.

»Ich bin nicht mehr mit ihr zusammen«, sagte er. »Das schwör ich jetzt. Wir haben uns heute getroffen, das stimmt, nach der Schule, am Mittag, meine ich. Ich kann dir genau sagen, wo wir uns getroffen haben. Sie hat mich angerufen. Sie hat mir gesagt, dass du mit ihr geredet hast. Wir haben uns in der Mariahilferstraße unten getroffen, da ist so ein Computergeschäft, das ist jetzt, glaub ich, neu. Sie wollte dort hingehen, weil sie einen neuen Computer kriegt. Den kriegt sie einfach so geschenkt. Sie hat mich gefragt, ob ich mit ihr den Computer anschaue, aber das wollte ich nicht, weil ich mich nicht auskenne, und auch so wollte ich es nicht.«

Das kannte sie. Diesen Trick kannte sie. Dass man irgend etwas erzählt, was unwichtig ist und das jeder glaubt, und daran hängt man die Lüge; und weil man das eine geglaubt hat, glaubt man die Lüge gleich mit.

»Ich schlaf nicht mit dir«, sagte sie.

»Das habe ich mir eh gedacht«, sagte er.

Seine Stimme sackte in den Bass, und weil es dunkel war und sie ihm nun wieder den Rücken zukehrte, hörte sie sich an wie am Telefon, und sie wartete, dass etwas mit ihr geschähe.

»In dem Fall, in dem Fall gehe ich jetzt am besten«, sagte er. »Ich kann eh nichts mehr ändern. Du glaubst mir nichts, und das versteh ich eh.«

Er stand auf. Sie hörte ihn über die Treppe heruntergehen. Sie wartete. Hoffte, er würde noch einmal zu ihr kommen. Würde sie diesmal berühren. Würde sie umarmen.

»Am besten, wir gehen zusammen«, sagte er. »Allein ist es nicht gut hier im Haus. Ich glaub nicht, dass du allein hierbleiben willst im Haus, oder? Wir löschen die Kerzen aus und gehen. Ich bring dich zur U-Bahn. Oder du gehst gleich von draußen weg allein. Das musst du sagen.«

Er kam zu ihr. Sie drehte sich zu ihm um und sah, dass seine Unterlippe bebte. Diesmal glaubte sie ihm.

»Du hast mich halt vorher nicht gekannt«, sagte sie.

»Genau«, sagte er.

Sie weinte wieder. Nicht mehr so heftig. Er nahm sie bei der Hand und zog sie zurück in den Lichtkreis. Er zündete sich eine Zigarette an und fragte, ob sie auch eine wolle.

»Nur bei dir ziehen«, sagte sie, setzte sich eine Stufe über ihn.

»Scheiße«, sagte er.

»Sag bitte jetzt nicht, dass du immer alles falsch machst, bitte«, sagte sie.

»Das wollte ich genau sagen«, sagte er.

Kurz fixierte er sie mit einem seltsamen Bittstellerblick, der sie verwirrte, weil sie ihn nicht einschätzen konnte: Wäre er aufrichtig gemeint, wär's eine Jämmerlichkeit, und er würde damit nichts erreichen; wäre er vorgetäuscht, also wieder gelogen, würde er sie womöglich rühren, weil er sich dabei so plump hilflos anstellte, als wäre er endlich am Ende seiner Lügen angekommen. Sie erinnerte sich, wie sie sich bei ihrem ersten Telefonat gewünscht hatte, er möge in ihrem Arm liegen und weinen, weil sie geglaubt hatte, sie sei die einzige, bei der er sich nicht zu schämen brauchte. Ich muss mich nur zu ihm hinbeugen und seinen Kopf in meinen Schoß nehmen, dachte sie, und immer wieder seinen Namen sagen, wie er vorhin immer wieder meinen gesagt hat. Ich werde alles ertragen, was er mir erzählt. Sie war sich bewusst, dass ein bisschen Kino in ihren Gedanken war, aber das tat ihr gut. Was auch immer ich erlebe, man könnte einen Film darüber drehen. Das tat ihr gut.

Er streckte ein Bein aus, griff in seine Hosentasche und zog einen Zwanzigeuroschein heraus. »Den hab ich dir versprochen.«

Erst wusste sie nicht, was er meinte. Sie war eine Diebin. Sie warf ihm vor, dass er ein Lügner war, und sie war eine Diebin.

»Du wolltest das Geld zurückgeben«, sagte er. »Leg's einfach auf den Tisch im Konferenzzimmer. Ich würde es so machen. Du hast es nur ausgeliehen. Ich geb dir einen Euro drauf, für Zinsen, den kannst du dazulegen, damit jeder weiß, dass das Geld nur ausgeborgt worden war. Ich würde es so machen.«
»Und woher hast du's?«
»Von mir.«
»Das glaub ich dir nicht. Du hast es auch von irgendwo weggenommen.«
»Geklaut hab ich es wie du, ja.«
»Von wem?«
»Von meiner Tante.«
»Dann will ich es nicht.«
Er rückte eine Stufe hinauf und setzte sich dicht neben sie, drückte sein Gesicht in die Angorawolle ihres Jäckchens. Das Jäckchen kann ihm gar nicht aufgefallen sein, dachte sie, es ist zu dunkel hier. Aber er merkt, dass es weich ist.
»Ich hab's dir versprochen«, sagte er. »Ich bin vielleicht ein Lügner, aber ich halte meine Versprechen.« Sie streichelte ihm übers Haar und über seine Ohrmuschel. »Ich hab's auch nur ausgeliehen. Du kannst es mir irgendwann zurückgeben, und ich geb's meiner Tante zurück. Für dich hab ich's genommen. Es ist völlig egal. Sie ist so schlampig, sie merkt's gar nicht. Es war ja für uns, weil wir telefoniert haben. Ich geb's ihr irgendwann zurück. Nimm's einfach.«
Diebin, Lügner, Lügnerin, Dieb – alles eins, alles sie beide. Und wie, bitte, würden sie in Afrika zum Beispiel leben, wenn nicht genau so – als Lügner und Diebe? Niemand dürfte wissen, wie es um sie beide steht. Geld bewirkte, dass es ihr besserging. Das ist eindeutig, dachte sie. Geld war sogar besser als ein bisschen Kino. Sie steckte den Schein in die Hosentasche; tat wie er, streckte ein Bein aus und schob das Geld in die Jeans.
»Oder du gibst es nicht zurück«, sagte er. »Aber das musst du wissen.«

24

Sie waren an diesem Abend nicht in dem Haus geblieben. Madalyn wollte es nicht. Sie wollte auch nicht mehr von Moritz geküsst werden. Jedenfalls nicht in diesem Haus. Als er sie umarmte und sein Gesicht an ihres schmiegte, tauchte sie in den Clinch – wie ein Boxer, der sich vor Schlägen schützt. Sie sagte, sie werde das Haus nie wieder betreten. Alles darin erinnere ihn eh nur an Claudia. Er sagte, das stimme nicht. Auf der Brücke über die Alte Donau küsste sie ihn. Mitten auf der Brücke. Das war Absicht. Aber alles gut war trotzdem nicht in ihr.

Moritz wollte ihr seine Freunde vorstellen, wenigstens ein paar von ihnen. Er habe eine Menge, jede Menge Freunde habe er, feine Typen, das merke man nicht gleich, aber jeder einzelne von ihnen sei ein feiner Typ. Sie glaubte ihm nicht. Sagte aber nichts. Alles an ihm war einsam. Wie er in der U-Bahn saß, war einsam. Sein Mund sowieso. Wie seine Stimme am Ende eines Satzes manchmal abtauchte, war einsam. Seine Jacke, auch weil es immer die gleiche war. Ob er mit ihr eine Jacke kaufen gehe, fragte sie, am besten dort, wo er seine gekauft habe. Wie er nickte, nämlich mit halbgeschlossenen Augen. Seine kalten Hände, die nicht schön waren, rötlich und blass. Einsam – will er sein, will er nicht sein. Will er sein, will er nicht sein. Sie glaubte ihm nicht, dass er Freunde hatte. Und wenn, keine guten.

Im Flex betrank sie sich. Und übergab sich. Schämte sich. Wenn sie redete, hörte sie wieder ihrer eigenen Stimme zu. Einige waren da, über die sagte Moritz, sie seien seine Freunde. Was das für welche gewesen seien? Zwei, drei, vier, viele, sie könne sich nicht erinnern. Sie habe sich angesoffen. Und warum? Weil jeder mit einer Flasche Bier in der Hand herumgestanden sei. Ob die anderen auch betrunken gewesen seien? Die meisten. Und Moritz? Der nicht. Ob er denn nicht gesagt habe, sie solle nicht so viel trinken? Das habe er gesagt, genau. Und warum sie es trotzdem getan habe? Sie wisse nicht, wieviel sie getrunken habe, sie vertrage halt nichts. Drinnen war es laut und nur Technomusik, die sie grässlich fand, und stickig und dreckig war es und das Klo eine einzige Katastrophe. Die meiste Zeit saßen sie draußen auf den Bänken beim Donaukanal. Sie kotzte ins Wasser. Moritz sah ihr dabei zu. Er tat nicht so, als gehöre sie nicht zu ihm. So tat er nicht, nein. Aber gehalten habe er sie dabei nicht. Er sah, dass ihr sterbensschlecht war, aber er habe sie nicht gehalten. Wahrscheinlich hätte sie es eh nicht gewollt. Sie wusste nicht mehr, was sie gewollt hätte. Er stand auf dem Weg, die Hände in den Taschen zu Fäusten geballt, die Beine breit, und sah ihr zu, wie sie am Geländer hing. Ihr war, als hätte sie ihr Leben zerstört. Als würde nie mehr etwas aus ihr werden. Bis an ihr Lebensende. Dass sie nicht mehr neu anfangen kann. Dass sie in Mathe einen Fleck schreiben wird. Dass es schon weit über elf Uhr war. Dass sie soviel Scheiße gebaut hat in ihrem Leben. Dass sie nie ihre guten Vorsätze geschafft hat. Dass sie nie eine beliebte Kundin im Buchladen der Frau Jeller werden wird. Ihre Augen flitzten, wie sie den Schwalben hinterhergeflitzt waren. Sie konnte nicht richtig sehen. Und dann trank sie etwas Rosarotes, Süßes. Das behielt sie. Aber sie musste aufpassen, dass sie nicht in sich zusammenfiel. Moritz fragte, ob er mit ihr nach Hause gehen solle. Das wollte sie nicht. Weil sie dachte, er wolle es in Wirklichkeit auch nicht. Ein zweites Mal fragte er nicht. Sie wollte allein gehen. Und das tat sie. Das tat sie und meinte, am Ende ihrer Schritte werde ihr Leben zu Ende sein.

Irgendwann war einer neben ihr. Konnte auch sein, er war von Anfang an neben ihr gewesen. Sie hatte keine Ahnung. Der hatte nur Schwarzes an. Sie kannte ihn nicht. Er redete nett. Er sagte, er kenne sie. Und erklärte es ihr. Aber sie hörte nicht zu. Konnte nicht, weil sie vorsichtig atmen musste. Sie erfuhr trotzdem etwas von ihm: Das Haus, das leere mit den zugenagelten Fenstern, unten bei der Alten Donau, das gehöre dem Freund von Moritz' Tante. Ob sie das nicht wisse. Doch, doch, das wisse sie, natürlich wisse sie das. Er sagte Moritz, nicht Rizzo. Niemand im Flex hatte ihn Rizzo genannt. Der neben ihr ging, gab ihr eine Zigarette. Die führte sie in ihrer Hand, aber ohne daran zu ziehen. Das Haus werde im Sommer abgerissen. Bis dahin dürfe man darin machen, was man wolle. Wie die Freundin von Moritz heiße, fragte sie. Sie sei seine Freundin, sagte er. Ob er sicher sei. Etwas anderes wisse er jedenfalls nicht. Und war auf einmal weg, der Nette, und sie saß in der U4, und ein Afrikaner saß ihr gegenüber. Bei der Kettenbrückengasse stieg sie aus. So schwer waren ihre Beine, und der Weg über die Stiege hinauf schien ihr so weit wie noch nie.

Und zu Hause setzte es ein Theater.

Es war halb eins. Sie war betrunken. Die schöne Jacke, die man nur kalt waschen konnte, war verkotzt. Ihre Eltern glotzten sie an, als würde ihr ein Ast aus der Stirn wachsen. Der Vater hatte die Hände über Nase und Mund gefaltet. Sie konnte sich nicht verteidigen. Weil sie sich selber anklagte. Außerdem hatte sie einen Zungenschlag. Sie roch nach Bier und dem süßen Rosaroten und nach Rauch und Erbrochenem. Man werde sie bei der Schule abmelden, fing die Mutter an. Sie habe jede Erwartung an Madalyn aus ihrem Hirn gestrichen. Hoffnung raus. Freude raus. Stolz raus. Mutterglück raus. Was sie heute mittag gesagt habe, nämlich, dass sie beide eine wunderbare Mutter-Tochter-Beziehung hätten, sei ein Witz und immer ein Witz gewesen. In den letzten zwei Stunden sei es ihr Gott sei Dank endlich gelungen, dieses Stück Ding, das Tochter heiße, in ihrem Herzen kaltzustellen. Nicht dass sie meine, das sei ihr schwergefallen, das sei ihr sogar sehr leicht gefallen. Das sei schon lange überfällig gewesen. Man werde schauen, ob man irgendwo etwas für sie finde. Von sich aus werde sie das nicht schaffen. Leider sei es nicht möglich, jemandem einzureden, man könne mit ihr etwas anfangen. Das wäre eine Lüge. Und für Lügen sei ja wohl jemand anderer in der Familie zuständig. Ob sie sich für die Lebensmittelbranche interessiere? Das sei immerhin etwas Krisensicheres, Fressen müsse man immer. Beim *Hofer* oder beim *Billa* auf der Rechten Wienzeile sei vielleicht ein Job frei, für ein, zwei Wochen wenigstens, viel länger würde sie ohnehin niemand behalten, weil man sie sehr schnell durchschauen wird. Wenn sie Glück habe an der Kasse, und sonst halt als Aushilfe. Aber das eine könne sie ihr sagen, man werde Wert darauf legen, dass es hier in der Gegend sei. Nämlich, damit alle sehen, was aus ihr geworden ist. Dann hätte die ganze Scheiße wenigstens einen Sinn. Dann hätte sie die edle Rolle eines abschreckenden Beispiels. Das meine sie absolut ernst. Besser ein abschreckendes Beispiel als ein Haufen Scheißdreck, der jedem nur peinlich ist und an dem man nicht einmal sein Mitleid trainieren wolle, dafür gebe es Zigeuner genug in der Stadt, die das mehr verdienten. Und nur nebenbei gesagt, was eh klar sei, aber unter Umständen nicht in ihrem kleinen versoffenen Gehirn angedockt habe: Weimar könne sie sich zusammenrollen und wer weiß wohin stecken. In diese Stadt werde sie in ihrem Leben nicht kommen. Was soll auch eine dämliche Hilfskraft in der Stadt der deutschen Klassik, bitte. Wenn sie großes Glück, wirklich großes Glück und viel, viel Vitamin B habe, werde sie es in ihrem Leben zur Kopiertussi in einem Büro bringen. Dazu müsse die Welt aber alle Augen zudrücken.

Der Vater sagte kein Wort. Wie sein Gesicht dabei war, interessierte Madalyn nicht.

Bevor sie sich ins Bett legte, schaute sie nach, ob ein SMS von Moritz gekommen war. War nicht. Aber am Morgen, als sie aufwachte, waren zehn da. Und in allen sprach er von Liebe. Und je später er sie geschickt hatte, desto länger waren sie. Und sie waren fehlerfrei, und das konnte doch nur heißen, dass er nicht betrunken war, als er sie geschrieben hatte. Das letzte SMS hatte er um vier Uhr abgeschickt. Darin schrieb er, dass sie einen besseren Menschen aus ihm mache und dass er nie einen Menschen wie sie kennengelernt habe und dass er bis an sein Lebensende bei ihr bleiben wolle und dass man immer irgendwo neu anfangen könne.

Sie schrieb ihm etwas Ähnliches zurück.

25

Ich blieb noch eine Weile bei *Neni* sitzen. In meiner Brust steckte ein Zementbrocken, der niemandem nütze war, der auf etwas bauen wollte. Ich fühlte mich so hilflos. Das wollte ich tun, und zwar auf der Stelle: hinübergehen in die Heumühlgasse, bei der Wohnung direkt unter mir Sturm läuten und nun endlich der sauberen Frau Reis ein Theater liefern, und zwar eines, das sie bis an ihr Ende nicht mehr vergessen würde. Madalyns Leben wollte ich ihr aufrechnen, angefangen bei dem Tag, an dem sie auf der Straße vor unserem Haus niedergefahren worden war und wohl nach ihrer Mutter gerufen hätte, wäre ihr nicht bereits als Fünfjähriger klar gewesen, dass dieses Rufen nicht gehört würde, weil diese Mutter, anstatt ihre Mutterpflicht zu erfüllen, lieber bei John Harris am Margaretenplatz ihr Training absolvierte, um »schwungvoll und geschäftsmäßig« zu sein, zu bleiben oder zu werden, was letztlich zu befürworten war, wenn man bedachte, was Aggressionen, die nicht täglich an Hanteln, Sandsäcken, Laufbändern und Muskelmaschinen abreagiert werden, sonst noch anrichten könnten. Ich schloss die Augen, und eine Welle bilderloser Gewalt überflutete *mein* Gehirn und löste einen Flash aus, so dass ich erst ein paar Mal tief durchatmen musste, ehe ich wieder zu einem klaren Gedanken fand.

Nachdem ich vorgeschlagen hatte, sie solle Moritz fragen, ob er auf die Fahrt nach Weimar verzichte, hatte mich Madalyn direkt angesehen, hatte gelächelt, und ein bitterer, ein sehr erwachsen bitterer Ausdruck war auf ihrem Gesicht erschienen. Ich war es, der die Gefühle des Burschen, den sie so liebhatte, zu hoch veranschlagte – und ihre Leidensfähigkeit zu niedrig. Sie antwortete nicht. Es war, als hätten wir unsere Positionen vertauscht. Ich: grün hinter den Ohren, naiv, idealistisch; sie: mild, nachsichtig, desillusioniert, erwachsen ohne Erinnerung an das Kind. Ich hätte Kraft, Phantasie, Intelligenz, Charme und Hinterhältigkeit sammeln und (gegen meinen an Ekel grenzenden Widerwillen und gegen meine Überzeugung – was ist schon eine Überzeugung, vor allem eine »berufliche«!) doch mit ihrer Mutter sprechen sollen; auch wenn das Nein noch härter ausgefallen wäre, nein heißt nein, ob hart oder weich; ich hätte Madalyn damit gezeigt, dass ich bereit war, einen Teil des Scheiterns auf mich zu nehmen.

Sie bedankte sich für die Einladung und verließ das Lokal ohne ein weiteres Wort. Kurz stand sie in der Gasse des Naschmarkts, blickte sich um, als warte sie auf jemanden – ich sah sie durch die Glastür –, vergrub die Hände in den Taschen ihrer Jeans, zog die Schultern hoch und war zwischen den Obstgeschäften verschwunden.

Ich hatte ihr das Leben gerettet. So einer muss doch eine Verpflichtung haben! Ich hatte mich nie für die Wahrheit zuständig gefühlt. Warum ausgerechnet jetzt? Dass ich meine Chance vertan hatte, das musste ich denken; ohne zu wissen, wie diese Chance hätte aussehen können.

Ich bezahlte und ging durch den Naschmarkt und zum Karlsplatz hinüber. Das Museum, in dem Evelyn arbeitet, liegt gleich neben der Karlskirche, und es war sehr unwahrscheinlich, sie dort nicht anzutreffen. Seit einem Monat hatten wir uns nicht gesehen und auch nur einmal miteinander telefoniert. Im Museum war ich schon seit zwei Jahren nicht mehr gewesen. Ich wusste nicht, wie sie meinen Besuch deuten würde. Sie mochte Madalyn, hatte immer wieder nach ihr gefragt. Nicht um Rat wollte ich sie bitten, sondern um Trost.

Wir setzten uns in die Cafeteria im überdachten Innenhof des Museums. Evelyn sah müde aus, trug enge schwarze Sachen, klemmte die Unterlippe zwischen die Zähne und schaute mich unter tiefen Lidern an.

»Was gibt's?« fragte sie.

»Kommst du wieder einmal zu mir?« fragte ich.

»Oder du zu mir«, antwortete sie sachlich.

»Ich wollte dich anrufen«, sagte ich. »Aber ich würde dir viel lieber dabei zuschauen, wenn du mit mir sprichst.«

»Das ist schön«, sagte sie. »Sehr schön ist das. Ich komme heute abend, wenn du willst.«

Sie berichtete von ihrer Arbeit, ich ihr von meiner. Von Madalyn erzählte ich ihr nicht.

Ich hatte von Anfang an einen Widerstand in mir gespürt, uns als ein Paar zu akzeptieren. »Was sind wir?« hatte sie mich einmal gefragt. »Zwei Menschen, die sich relativ häufig treffen«, hatte ich geantwortet. Sie hatte die Zunge herausgestreckt und mir den Hintern gezeigt. Vor eineinhalb Jahren haben wir uns getrennt. Was immer das auch heißen mochte. Es hieß jedenfalls nicht, dass wir uns nicht ab und zu trafen oder miteinander telefonierten – manchmal sehr lange, und das, obwohl sie keine zweihundert Meter Luftlinie von mir entfernt wohnt. Und es hieß auch nicht, dass ich nicht ab und zu bei ihr übernachtete oder sie bei mir. Wir waren einander ein zuverlässiges emotionales Notprogramm. Manchmal begleitete ich sie, wenn sie mit Kollegen einen Heurigen besuchte. Hinterher war ich verlegen, weil ich mich so unironisch benommen hatte. Oder wir luden gemeinsam Robert und Hanna in die *Cantinetta Antinori* zum Essen ein; oder wurden von ihnen eingeladen – als wäre alles wie vor eineinhalb Jahren.

Als ich schon beim Bassin vor der Karlskirche war, hörte ich sie meinen Namen rufen. Sie kam mir nachgelaufen, die Beine seitwärts hinter sich werfend wie ein Schulkind.

»Über alles reden wir«, rief sie, »nur nicht über das Wichtigste, meine Ausstellung!«

Sie überreichte mir den Katalog: *Wien im Kalten Krieg. Welthauptstadt der Spionage.* Seit acht Jahren plante sie diese Ausstellung. Wir haben oft darüber diskutiert. Ich versprach ihr, zur Eröffnung zu kommen.

»Ich fahre in der Karwoche nach Triest«, sagte sie. »Möchtest du mich nicht begleiten?«

Ich wolle es mir überlegen, sagte ich. Und das wollte ich wirklich. Inzwischen war es Abend geworden. Ich war so müde, dass ich meinte, den kurzen Weg nach Hause nicht zu schaffen. Ich nahm ein Taxi. Der Fahrer fragte, ob ich aus Wien sei, zur Heumühlgasse müsse er wegen der Einbahnstraßen einen ordentlichen Umweg fahren, zu Fuß würde ich nicht länger brauchen als mit dem Auto. Ich wolle trotzdem fahren, sagte ich.

Zu Hause wartete Madalyn auf mich. Sie saß auf der Schwelle zu meiner Tür.

»Er bleibt hier bei mir«, flüsterte sie. »Er will nicht ohne mich nach Weimar fahren.«

Sie war im Himmel. Einmal will ich diesen Ausdruck verwenden dürfen.

26

Ich bin nicht nach Triest gefahren. Evelyn hatte nicht weiter gedrängt. Ich müsse endlich wieder schreiben, sagte ich. Mein dunkler Held drohe mich sonst zu verlassen. Er hatte meinen Tag beherrscht, bis Madalyn und ihre Geschichte ihn verdrängten.

Evelyn bat mich, in der Karwoche ab und zu nach Pnin, ihrer Katze, zu sehen und die Farne zu gießen. Ihr sei lieber, ich erledige das als eine ihrer Kolleginnen. Pnin war eine alte Tigerin, die es gewohnt war, die meiste Zeit allein zu sein. Wenn wir beide einander begegneten, hielt ich ihr meine Faust vors Gesicht, und sie boxte mit dem Kopf dagegen. Als Evelyn und ich uns auf das Ende unserer Beziehung geeinigt hatten, hatte ich es nicht über mich gebracht, ihr den Schlüssel zu ihrer Wohnung zurückzugeben, und ihr war es mit meinem Schlüssel wohl nicht anders ergangen. Weder ihr noch mir wäre es je eingefallen, die Wohnung des anderen zu betreten, ohne vorher zu klingeln. Evelyn ätzte zwar, ich solle das bitte nicht mit gegenseitigem Respekt verwechseln, wo es doch nichts anderes sei als eine Verkehrsregelung zwischen »zwei Menschen, die sich relativ häufig treffen«; ich vermutete aber, es war ihr nicht weniger recht als mir.

Ich tauchte in meine Arbeit ein, las durch, was ich bisher geschrieben hatte, startete mehr tändelnd als ernsthaft in ein neues Kapitel, schlief in meinem Arbeitszimmer auf dem Sofa und fühlte endlich wieder die Erregung, die ist wie Föhn im Winter und die ich mir von meinem Gott wünschte, wenn er mir nur einen Wunsch noch gewährte. So verbrachte ich die ersten Tage der Karwoche, war allein und sprach mit niemandem.

Am Mittwoch vormittag klingelte Madalyn.

Sie duckte sich flugs und ohne Gruß unter meinem Arm hindurch, schloss eilig die Tür hinter sich und lief voran in die Bibliothek. Sie stellte sich neben die Wendeltreppe, die hinauf aufs Dach zu meinem Arbeitszimmer führt, hielt sich mit einer Hand am Geländer fest und strahlte mich an, als wäre sie für eine Fotografie bereit.

»Ich bin gekommen, um danke schön zu sagen«, sagte sie.

»Das glaube ich dir nicht«, sagte ich.

Sie riss Augen und Mund auf und lachte, als hätte ich ihr einen Superwitz erzählt und sie werde dabei gefilmt. Dass sie niemanden kenne, der so direkt und ehrlich sei wie ich. Beides seien Alterserscheinungen, gab ich zurück, und darüber lachte sie noch mehr. Sie ließ sich in den Lederfauteuil fallen, in dem sie bei unserem Interview gesessen hatte; und nun war sie sehr verlegen.

Ob auch sie ehrlich sein dürfe. Ob sie offen mit mir sprechen dürfe. Sie wolle mich nämlich etwas fragen. Nämlich, ob sie und Moritz bei mir schlafen dürften.

Ich sagte, ich hätte sie nicht richtig verstanden. Was wenig gescheit klang.

»Moritz und ich wollen miteinander schlafen.« Sie sprach überpointiert deutlich. »Aber das geht bei ihm nicht und bei mir sowieso nicht, und in dem Haus an der Alten Donau will ich nicht.«

Was nützte mir das ordnende, formende, die Wirrnis des Lebens durchsichtig und übersichtlich machende Wirken der Literatur? Hatte ich nicht bei jeder Gelegenheit groß behauptet, die Literatur sei (ganz einer Meinung mit Frau Prof. Petri) ein Katalog von Präzedenzfällen, der uns beruhigen, weil beweisen sollte, dass schon andere vor uns getan und erlitten haben, was wir tun und erleiden?

»Ich weiß, was Sie denken«, sagte sie, zuckte spöttisch mit den Mundwinkeln und zitierte sich selbst. »Sie werden sagen, ich kann gar nicht wissen, was Sie denken. Aber ich weiß es. Sie denken, Moritz will es unbedingt, und ich will es nur, weil er es will. Ich glaube, Sie können ihn nicht leiden. Und wissen Sie, warum ich das glaube?«

»Nein, das weiß ich nicht.«

»Sie lügen nie, gell?«

»Madalyn«, sagte ich und mehr nicht.

»Er ist Ihnen unsympathisch, weil er immer lügt, das ist mir schon klar. Aber er lügt nicht mehr. Mich lügt er nicht mehr an. Das weiß ich. Das braucht er mir nicht zu versprechen. Ich weiß, was eine Lüge ist und was keine Lüge ist. Es tut mir leid, dass er Ihnen unsympathisch ist und ich schuld daran bin. Sie kennen ihn nicht, und ich kenn ihn gut.« Sie sprach schnell, gestikulierte vor ihrem Gesicht und starrte dabei vor sich ins Leere, als wäre sie bei einem Casting und spule eine Standardrolle ab. »He, warum glauben Sie mir das nicht? Wenn Sie ihn kennen würden, wäre er Ihnen sympathisch, das weiß ich einfach. Er kann so viel erzählen, das könnten Sie gut für Ihre Arbeit brauchen. Mir jedenfalls fallen so viele Sachen ein, wenn ich mit ihm zusammen bin, ich könnte mich jeden Abend hinsetzen und einen Roman schreiben. Ich denke mir, bevor ich ihn kennengelernt habe, bin ich ein Holzkopf gewesen, genau das denke ich, ich bin ein Holzkopf gewesen. Alle die Dinge sind voll Zauberei geworden durch ihn. Warum glauben Sie mir das nicht! Früher habe ich gedacht, die Welt ist der Weg von der Heumühlgasse zur Rahlgasse oder so und sonst nicht arg viel. Und jetzt sind alle die Dinge voll Zauberei. Bei ihm war es aber immer schon so wie bei mir jetzt, und darum hat man gedacht, er lügt. Es geht mir so gut, es geht mir so wahnsinnig gut, wirklich. Aber dann sagt man, das ist eine Lüge, weil man überhaupt nichts kapiert. Denken Sie so? Ich glaube eigentlich nicht, dass Sie so denken, oder? Es geht mir so gut, weil Sie gesagt haben, ich soll ihn fragen, ob er hierbleibt ...«

»Er ist mir nicht unsympathisch«, unterbrach ich sie, »und es spielt auch keine Rolle.«

Die Jacke, die sie trug, die blauweiße Sportjacke, die sie bei unserem Interview und auch bei *Neni* getragen hatte – hatte sie die zusammen mit Moritz gekauft, was doch ihr Wunsch gewesen war? War sie inzwischen mit Moritz im Buchladen meiner Freundin Anna Jeller gewesen und hatte mit ihm gemeinsam ein Buch gesucht, in dem eine Geschichte wie die ihre erzählt wurde? Oder hatten sie über Lyrik philosophiert? Oder er hatte inzwischen tatsächlich begonnen, Gedichte zu schreiben? Weil sie ihn dazu animiert hat. Dass am Ende *durch sie* »alle die Dinge voll Zauberei« geworden sind. Wie konnte Frau Malic je auf die Idee kommen, Herr und Frau Reis gehörten einer Sekte an? Und wenn sie recht hätte – würde mir Madalyn davon erzählt haben?

Und schließlich sagte ich es: »Madalyn, das kann ich nicht. Und das will ich auch nicht.«

Sie lächelte in sich hinein, als denke sie an etwas ganz anderes. »Komisch. Ich habe mir vorgestellt, dass Sie genau das sagen würden. Das haben Sie schon einmal gesagt, wortwörtlich, und trotzdem ist alles gut geworden. Sie sagen nein, und dann wird es gut. Das ist komisch. Ich habe zu Moritz gesagt, er sagt hundertprozentig nein, aber dann wird alles gut. So einer sind Sie, habe ich zu ihm gesagt. Es wäre nur einmal, ein einziges Mal, und wir würden bestimmt nichts durcheinanderbringen. Sie würden gar nicht merken, dass wir hier gewesen sind. Wir wollen nur einmal miteinander schlafen. Ich habe noch nie mit jemandem geschlafen, und Moritz erst einmal.«

»Madalyn«, sagte ich, fand es selber dämlich, dass ich dauernd ihren Namen nannte, »Madalyn, das interessiert mich nicht. Das will ich nicht wissen. Man kann jemanden beleidigen, wenn man ihm Sachen sagt, die er nicht wissen will.«

Sie faltete die Hände, klemmte sie zwischen ihre Knie, blickte weiter vor sich nieder und wurde ruhig und sehr ernst. »Komisch«, sagte sie. »Ich habe mich genau auf dieses Gespräch vorbereitet. Ich habe mir genau ausgedacht, was ich sage, und ich habe mir auch genau ausgedacht, was Sie sagen.«

»Ich kann leider nicht so sprechen, wie du es dir zurechtgelegt hast.«

»Sie sagen eh genau das, was ich mir ausgedacht habe. Das ist schon okay. Es wundert mich nur, dass Sie genau das sagen, was ich mir gedacht habe. Meistens trifft nämlich genau das nicht zu, was ich mir ausdenke.«

Sie stand auf, hob die Arme über ihren Kopf, verzog ihr Gesicht und drehte und dehnte sich.

Ich wollte sie so nicht gehen lassen. »Ich koch uns einen Kakao«, sagte ich, »und du erzählst mir, wie es dir in Mathe gegangen ist. Hat deine Deutschprofessorin unser Interview gelesen? Was meint sie dazu?«

»Ich weiß genau, was Sie denken«, sagte sie wieder. »Sie denken, Moritz hat mich zu Ihnen geschickt. Aber das hat er nicht. Er weiß nicht, dass ich bei Ihnen bin.«

Sie widersprach sich. Aber warum hätte ich sie darauf aufmerksam machen sollen? »Und wenn er's wüsste, mein Gott, wär's auch recht«, sagte ich.

Ich ging in die Küche und goss Milch in einen Topf, gab ein paar Löffel Kakaopulver dazu und Vanillezucker und stellte ihn auf den Herd. Sie wartete in der Tür, schaute mir zu. Ich rechnete damit, dass sie gleich weinen würde, und versuchte, mich dagegen zu wappnen. Tat sie aber nicht. Sie erzählte, dass sie unheimliches Glück gehabt habe bei der Matheschularbeit, dass zwei Aufgaben gekommen seien, die sie vorbereitet habe, bis in die Zahlen hinein genau diese beiden Beispiele seien gekommen, die habe sie Null Komma nix fehlerlos hingeschrieben, und bei zwei weiteren Aufgaben habe sie immerhin die Ansätze richtig, das habe sie nach der Schularbeit mit anderen in der Klasse verglichen. Sie sei sich sicher, dass sie einen Vierer habe oder sogar einen Dreier. Einen Vierer hundertprozentig. Frau Prof. Eistleitner, die Mathelehrerin, habe gesagt, sie werde die Schularbeit erst nach Ostern zurückgeben, weil sie niemandem die Ferien verderben wolle. Das klinge eigentlich furchtbar, als ob sie schon hineingeschaut hätte und die Schularbeit schlecht ausgefallen wäre. Aber das glaube sie nicht, niemand in der Klasse glaube das. Frau Prof. Eistleitner sei sehr nett, und wenn eine Schularbeit schlecht ausfalle, leide sie am meisten. Das Interview habe Frau Prof. Petri mit nach Weimar genommen, sie habe versprochen, sie werde es im Bus lesen. Eine Seite habe sie bereits gelesen, und die habe ihr sehr gut gefallen. – Alles fröhlich und unbeschwert, als hätte sie nie gefragt, was sie vor wenigen Minuten erst gefragt hatte.

Wir setzten uns wieder in die Bibliothek. Die Tasse Kakao wurde uns lang. Als wir ausgetrunken hatten, brachte sie das Geschirr in die Küche zurück. Sie wolle mich nicht länger stören.

An der Tür fragte ich, ob sie mir einen Gefallen tun wolle. Ich müsse für ein paar Tage, nämlich bis Ostersonntag Mittag genau, wegfahren, weil ich für den Roman, an dem ich schriebe, sie erinnere sich vielleicht, etwas recherchieren müsse, und ich hätte oben auf dem Dach vor meinem Arbeitszimmer ein paar Töpfe mit Tomatensetzlingen, die bräuchten unbedingt Wasser, das heiße, man müsse sie jeden Tag ein bisschen gießen, nicht viel, nur ein bisschen, nur bitte nicht die Blätter, das mögen Tomaten nicht, nur ein bisschen Wasser auf die Wurzeln, das genüge, ob sie das für mich tun könne. Ich gab ihr meinen Reserveschlüssel. Ich würde gern bereits heute fahren, sagte ich, in zwei Stunden ungefähr. Sie solle den Schlüssel am Sonntag einfach auf den Küchentisch legen und die Tür hinter sich zumachen. Ob ich sie um diesen Gefallen bitten dürfte.

Die folgenden Tage verbrachte ich in Evelyns Wohnung, schrieb mich durch meine »glatte Zeit« (Roland Barthes), spielte mit der Katze, wärmte mir auf, was ich im Kühlschrank fand. In der Nacht ging ich ins Hotel. Ein paar Minuten zu Fuß von Evelyns Wohnung entfernt gibt es eines mit dem interessanten Namen *Ananas*. Das gehöre angeblich der Gewerkschaft. Hat mir eine Kollegin erzählt, die dort eine verzweifelte Romanfigur für eine Zeitlang untergebracht hatte.

Ich fühlte mich sehr gut. Sehr. Gut.

27

Zwei Monate lang hörte ich nichts mehr von Madalyn. Einmal trafen wir einander im Stiegenhaus, sie grüßte wortlos und war froh, dass wir in entgegengesetzter Richtung gingen. Ein anderes Mal sah ich sie durchs Fenster vom Café *Sperl*, sie war auf dem Weg zur Schule, wir winkten einander zu. Ich verstand ihre Verlegenheit und war ihr deshalb nicht böse. Erst Ende Mai begegnete ich ihr wieder. Diesen Tag werde ich nicht vergessen. Es war der 26. Mai, ein Dienstag.

Ich hatte an diesem Morgen mit Frau Moser, einer Freundin, im *Sperl* gefrühstückt. Ihr gehört das Einrichtungsgeschäft gegenüber dem Kaffeehaus. Sie verfügt über eine politische Klarsicht, die ich mir gern einpflanzen lassen würde. Wie ich steht sie der Sozialdemokratie nahe, aber sie schränkt sich in ihrer Kritik nicht ein – im Gegensatz zu mir, der ich besorgt bin, einen letzten Rest ideologischer Heimat zu verlieren, wenn ich die Augen ganz öffne. Ich war schon ein paar Mal versucht gewesen, mit ihr über Madalyn zu sprechen. Ich hätte es tun sollen. Sie hatte sie nämlich kennengelernt und Moritz auch. Später hat sie mir davon berichtet.

Als ich aus dem Café trat, nannte jemand meinen Namen. Er stand dicht an der Wand vor dem Eingang. Ich hatte keinen Zweifel, dass es Moritz war. An seinem Mund erkannte ich ihn und an seiner Jacke, an den Farben der Red-Bull-Dose. Er wolle mit mir reden. Er reichte mir die Hand. Ein weicher Druck. Seine Wangen glühten. Wir gingen nebeneinander her, und er sagte nichts. Sehr schnell gingen wir. Ich dachte, er wolle mich irgendwohin führen. Ob etwas mit Madalyn sei, fragte ich. Er nickte. Der Schulrucksack hing ihm an einer Schulter. Er ging voraus in den kleinen Park mit den Schaukeln und Wippen und Klettergerüsten, wo ich vor acht Jahren Madalyn zugesehen hatte, wie sie Fahrradfahren lernte. Wir setzten uns auf eine Bank. Er rauchte. Bot mir keine an.

»Was ist mit Madalyn?« fragte ich.

Er schüttelte den Kopf und ließ sich Zeit mit der Antwort. »Sie war heute nicht in der Schule. Die Polizei war da. Sie hat gefragt, ob jemand etwas weiß. Sie war in der Nacht nicht zu Hause. Ihre Eltern haben heute morgen die Polizei angerufen. Und die ist in die Schule gekommen und hat ihre Mitschülerinnen ausgefragt. Aber niemand weiß etwas.«

Ich spürte, wie die Haut in meinem Gesicht eisig wurde.

Er schüttelte weiter den Kopf, kaum wahrnehmbar, als wär's ein Tick. »Ich habe gedacht, Sie wissen, wo sie ist.«

»Warum sollte ich wissen, wo Madalyn ist. Mit absoluter Sicherheit weiß ich nicht, wo Madalyn ist.«

»Ich dachte, sie ist bei Ihnen.«

»Bei mir? Warum sollte sie bei mir sein!«

Er kannte meine Küche, mein Badezimmer, die Bibliothek, wahrscheinlich auch mein Arbeitszimmer, und er wusste, dass ich in diesem Augenblick daran dachte.

»Sie kann Sie gut leiden«, sagte er nur und zitterte weiter mit seinem Kopf bis in die Schultern hinunter.

Er müsse mir alles sagen. Auf der Stelle. Sonst würde ich ihn mit zu Madalyns Eltern nehmen, drängte ich. Wusste nicht, wie ich das hätte anstellen sollen.

Er glaube nicht, dass etwas passiert sei, sagte er. Es sei hundertprozentig nichts. Was solle denn passiert sein. Aber er kenne den Grund, warum sie nicht nach Hause gegangen sei letzte Nacht. Den kenne er wirklich genau. Und sagte schon wieder, dass mich Madalyn gut leiden könne. Ich konnte ihn nicht gut leiden. Dass er mit dieser blöden Zitterei aufhören solle, hätte ich ihm gern gesagt, und dass ich ihm diese blöde Zitterei nicht abnehme. Hätte ihn gern angeschrien. Statt dessen legte ich ihm die Hand in den Nacken. Weil ich mir vorstellte, dass er Madalyn davon erzählen und sie über mich sagen würde: Siehst du, genauso ist er, genauso ist er. Er wurde ruhig.

Vor wenigen Tagen hätten ihr ihre Eltern eine große Neuigkeit mitgeteilt. Nämlich, dass man für zwei Jahre wegziehen werde. Und zwar weit weg. Nämlich nach Hongkong. Madalyns Vater werde dort arbeiten. Aber eigentlich nicht in Hongkong werde er arbeiten, sondern in einer anderen Stadt in der Nähe. Moritz wusste nicht, ob er das alles richtig verstanden hatte, den Namen der Stadt hatte er vergessen. Es sei eine Riesenstadt, doppelt soviel Einwohner wie ganz Österreich. Er habe nie vorher von dieser Stadt gehört. (Es handelte sich um Shenzhen. Inzwischen weiß ich Bescheid. Herr Reis gehörte zu einem Team von westlichen Technikern und Managern, die mit der Aufgabe betraut worden waren, einen neuen Standort für die Produktion von Computerchips in China aufzubauen. Der deutsche Mutterkonzern nutzte die Wirtschaftskrise, um zu teuer produzierende Betriebe in Deutschland, Österreich, in den Niederlanden und den USA umzustrukturieren oder zu schließen. Etliche hochqualifizierte Mitarbeiter bekamen die Möglichkeit – besser: wurden vor die Alternative gestellt –, für eine gewisse Zeit nach China zu gehen – oder gekündigt zu werden. Herr Reis und seine Frau hatten sich für ersteres entschieden.) Leben würden sie in Hongkong, erzählte Moritz, weil das besser sei für jemanden aus dem Westen. Hongkong sei wie New York ohne Kriminalität. Der Vater würde vier Tage in der Woche bei seiner Arbeit sein und nur am Wochenende nach Hause kommen, dafür aber irrsinnig viel verdienen. Es sei bereits eine Wohnung in Hongkong organisiert worden. Die Chinesen hätten das organisiert. Noch vor den Sommerferien sollte der Umzug stattfinden – also im Juni, in knapp einem Monat. Die Wohnung in Wien sollte vorläufig vermietet werden. Was nach zwei Jahren sei, wisse man nicht. Madalyn würde in Hongkong in eine englische Privatschule gehen, zusammen mit Söhnen und Töchtern von Managern, Diplomaten und Wissenschaftlern aus aller Welt. Das sei eine einmalige Chance für sie, nach den zwei Jahren würde sie perfekt Englisch und ziemlich gut Chinesisch sprechen und einige Brocken von anderen Sprachen. Damit habe sie für ihre Zukunft einiges in petto.

Die Eltern wussten es übrigens schon lange. Sie hatten es Madalyn nicht gesagt, weil es eine Überraschung sein sollte. Sie glaubten tatsächlich, Madalyn freue sich.

»Sie freut sich nicht«, sagte ich.

»Nein«, sagte er, »sie freut sich nicht.« Er blickte mich misstrauisch an. Er konnte mich genausowenig leiden wie ich ihn. Auch wenn ich ihm die Hand in den Nacken gelegt hatte. Ein Geheimnis vor ihm war mir der Mühe nicht wert. »Sie hat einen Hass auf ihre Eltern«, sagte er und stieß dabei so viel Luft aus, dass sich die Worte verwischten und ich nicht alles mitbekam. »Einen wirklichen Hass ... Das können Sie nicht verstehen ...«

»Ich brauche es auch nicht zu verstehen. Wieso sagst du mir nicht endlich, was mit ihr ist?«

»Ich möchte aber nicht, dass Sie jemandem etwas verraten.« Schon war er wieder weich.

»Was soll ich nicht sagen? Und wem nicht?«

»Der Polizei zum Beispiel.«

»Warum sollte die Polizei mit mir reden wollen?«

»Madalyn wollte, dass wir abhauen, wir beide. Das hat sie schon die ganze Zeit gewollt. Ich hab's ihr aber nicht geglaubt.«

Sie hatten phantasiert. Dass sie irgendwo zusammenwohnen würden, zusammenleben würden, irgendwo auf der Welt. Madalyn habe sich genau ausgedacht, wie ihre Wohnung aussähe. Eine Küche mit einem kleinen Balkon zum Beispiel. Sie habe sogar Zeichnungen angefertigt. Es sei ein Spiel gewesen. Er sei hundertprozentig überzeugt gewesen, dass es auch für Madalyn ein Spiel war. Was denn sonst, wie sie es übertrieben habe. So übertreibe man nur, wenn man es nicht ernst meine. Manchmal waren sie durch Wien gegangen und hatten miteinander englisch gesprochen und so getan, als wären sie in einer amerikanischen Stadt, in Chicago oder New York – dann war die Wohnung in Chicago oder in New

York. Oder französisch, dann war die Wohnung in Paris. Oder sie waren an der Donau entlangspaziert und hatten getan, als wär's irgendwo in Afrika – dann war die Wohnung irgendwo in Afrika. Sie hatten gespielt, sie wären zehn Jahre älter und ein Ehepaar und würden an der Börse spekulieren und in kurzer Zeit Multimillionäre sein und die Hälfte verschenken, einer bestimmten Bettlerin auf der Stiege zur U-Bahn Kettenbrückengasse zum Beispiel auf einen Satz 5000 Euro in ihren Pappbecher stecken. Sie waren in die vornehmsten Kleidergeschäfte in der Kärntnerstraße und am Graben gegangen, und Madalyn hatte sündteure Kleider anprobiert, und Moritz hatte einen russischen Akzent gespielt und getan, als wäre er der Sohn von einem Oligarchen oder so. Madalyn hatte vorher mit ihm geprobt, hatte sogar ein paar russische Worte aus dem Netz geholt und auf einen Zettel geschrieben. Möbelgeschäfte hatten sie auch aufgesucht (zum Beispiel das Geschäft von Frau Moser, es lag ja auf ihrem Schulweg, keine zweihundert Meter von der Rahlgasse entfernt). Er habe zu Madalyn gesagt, sie müsse unbedingt Schauspielerin werden, sie sei ein Naturtalent, sobald sie einer entdecke, sei sie zack beim Film, jede Wette, und sie hätte Geld wie Haare auf dem Kopf. – Ich wollte ihn unterbrechen und nachfragen: Sie hätte Geld? Sie? Nur sie? Warum verwendest du die Einzahl? Siehst dich nicht an ihrer Seite? Nicht einmal im Spiel? Du, hätte ich ihm sagen wollen, spürst du nicht den Zauber, die »Zauberei«, die sie »über alle die Dinge« legt, über die erzlangweiligen Kleidergeschäfte in der erzlangweiligen Innenstadt, über unsere gezähmte Donau, über die Städte Chicago, New York, Paris und über den großen Kontinent Afrika? Hast du nichts gesehen, hast du es nicht gehört, nichts gespürt, wollte ich ihn fragen. Weißt du nicht, dass man in der Liebe die Welt neu gründen kann? Das hätte ich ihn gern gefragt.

Als heraus war, dass sie mit ihren Eltern tatsächlich in eine fremde Stadt ziehen sollte, weit weg von Wien, sei ihm schon klar geworden, dass es für Madalyn kein Spiel war, wahrscheinlich nie gewesen war. Sie hatte zu Moritz gesagt, jetzt sei es soweit. Er habe es ihr versprochen, und jetzt sei es soweit. Jetzt wolle sie abhauen.

Mit ihm. Er müsse zu seinem Wort stehen. Und er habe herumgeredet, dass es ihm zu früh sei und so. Das stimme schon, er habe es ihr versprochen, aber er habe halt gedacht, das Versprechen sei auch nur ein Spiel. Schließlich hatte er zugegeben, dass er gar nicht weg wolle. Jedenfalls noch nicht. Dass er auf jeden Fall zuerst die Matura hinter sich kriegen wolle. Dann aber werde er mit ihr abhauen. Dann hundertprozentig. Sie habe gesagt: Wenn ich nach Hongkong muss, werden wir uns nicht mehr sehen. Nie mehr. Sie wisse genau, dass er nicht zwei Jahre auf sie warten werde. Er habe gesagt, das werde er hundertprozentig. Aber das habe nichts genützt. Sie habe gesagt, sie halte es in Hongkong nicht aus. Dort kenne sie niemanden, und dort wolle sie auch niemanden kennenlernen. Und die ganze Zeit werde sie mit ihrer Mutter allein sein. Und sie habe geweint. Er habe sie nicht beruhigen können.

Und jetzt weinte er auch.

»Aber«, schluchzte er, »ich kann doch nicht einfach weggehen. Und so viel Geld haben wir einfach nicht. Sie hat sich das einfach nicht richtig überlegt.«

»Und jetzt ist sie allein weggegangen? Das denkst du, Moritz, oder?«

»Ich weiß es nicht. Ich weiß es wirklich nicht.«

»Und du hast keine Ahnung, wo sie ist?«

Er drückte die Hände vors Gesicht und schrie kurz auf.

»Bitte, Moritz«, rief ich und packte ihn an den Oberarmen, »bitte, sag mir jetzt alles, was du weißt!«

»Ich weiß nicht, wo sie ist, ehrlich nicht. Ich weiß es nicht. Sie ist so unberechenbar.«

»Was meinst du mit unberechenbar?«

»Dass sie ausflippt.«

»Ist sie in dem Haus bei der Alten Donau? Ist sie dort? Sag, ist sie dort?«

Er sah mich an, hob nur die Schultern. Und da bekam ich große Angst.

»Du denkst, sie ist dort, hab ich recht? Warum bist du nicht hingefahren? Bist du hingefahren? Sag endlich etwas! Warum bist du nicht hingefahren, Moritz! Warum hast du nicht nachgeschaut!«

Er kippte zur Seite, legte sich auf die Bank, vergrub seinen Kopf in den Armen und weinte und schlug mit den Beinen aus wie ein zorniges Kind.

28

Ich lief auf die Wienzeile hinaus und zur Kettenbrückengasse, versicherte mich im Laufen, ob ich genügend Geld einstecken hatte, und stieg am Ende des Naschmarkts in ein Taxi. Es war Mittagsverkehr, ich bat den Fahrer, sich zu beeilen, ich bot ihm das Doppelte, wenn er sich beeile. Ich sagte, es handle sich um meine Tochter, es sei ihr hoffentlich nichts passiert. Er trat aufs Gas, zwängte sich an der Autoschlange vorbei, hupte, fuhr auf den Gehsteig, sagte kein Wort und vermied es, mich im Rückspiegel anzusehen. Durch den 2. Bezirk ging's schneller. Bei der Bücke nahe der U-Bahn-Station Alte Donau stieg ich aus. Er wollte nicht, dass ich ihn bezahle. Fuhr davon ohne Gruß.

Aus Madalyns Erzählung konnte ich nicht abschätzen, wie weit es zu Fuß bis zu dem Haus war. Ich hoffte, ich würde es erkennen. Ich lief über die Stiege hinunter zum Wasser. Neben den Müllcontainern am Beginn der Siedlung lehnte ein Fahrrad. Ich schwang mich darauf, fuhr so schnell ich konnte an den Wochenendhäusern vorbei.

Sie hatte das Haus sehr genau beschrieben, den hohen Nadelbaum davor, die Palme, die zerbrochene Statue, die türkise Farbe der Fassade. Ich sprang vom Rad und kletterte über den Zaun. Es war tatsächlich kein Kunststück, die hintere Tür zu öffnen. Ich rief ihren Namen, rannte über die Treppe nach oben, warf die Türen zu den Zimmern auf. Das Haus war leer. Verstaubt, verdreckt, muffig, duster und leer.

Ich setzte mich auf die Treppe und wusste nicht, was ich tun sollte. Da waren immer noch die Kerzenreste, ein Kreis Kerzen, in dessen Mitte Moritz und Madalyn gesessen hatten. Wann war das gewesen? Vor zwei Monaten? Wenn Madalyns Geschichte stimmte.

»Bitte, Madalyn«, sagte ich, »bitte, bitte, tu mir das nicht an, Madalyn!«

Zigarettenstummel lagen herum, auch halb angerauchte, unter der Treppe fand ich eine Schachtel Streichhölzer. Ich zündete mir einen Stummel an. Der erste Zug seit zwei Jahren. Und als ich damit fertig war, zündete ich mir den nächsten an.

Natürlich dachte ich an meinen Vater. Hatte ich lange nicht mehr. Aber ich dachte nicht in Schmerz und schlechtem Gewissen an ihn, wie ich es viele Jahre hindurch getan hatte. Ich war erschrocken über meine Stimme in diesem fremden Haus. Als würde ich etwas Filmmäßiges aus der Situation schlagen wollen. Nachdem ich telefonisch verständigt worden war, dass er sich das Leben genommen hatte – das war vor dreiunddreißig Jahren gewesen, ich war sechsundzwanzig –, war ich im Eiltempo durch Frankfurt marschiert und hatte auf das Pflaster vor mir niedergeredet, jeder Schritt ein Wort, jedes Wort ein Schritt. Warum. Tust. Du. Mir. Das. An. In der Nacht hatte ich das Licht brennen lassen. Ich wollte mich nicht verstecken. Ich war mir schlecht vorgekommen, weil ich nur denken konnte wie im Film und nur tun konnte wie im Film; meine Wohnung in der Danneckerstraße war mir vorgekommen wie im Film; und dass ich mich nicht fühlen wollte wie im Film, war mir erst recht vorgekommen wie im Film. Robert hatte einmal zu mir gesagt, ich teile die Menschheit in zwei Kategorien ein, in potentielle Selbstmörder und in nicht potentielle Selbstmörder; in der ersten seien alle anderen, in der zweiten nur ich. Das mache mich universell erpressbar.

Der Boden war übersät mit Fußabdrücken in Staub und Sand, mit Rattendreck, abgebrannten Zündhölzern, zertretenen Zigarettenstummeln, Kronkorken. Dennoch – und obwohl die Fenster vernagelt und die Vorhänge verschimmelt waren und nur dünnes Licht hereindrang – waren gute Geister in diesem Raum; die ließen sich auf keiner Leinwand vorführen.

Als ich aus dem Haus trat, stand ein Mann vor mir. Er war kleiner als ich, aber gut einen halben Gürtel breiter. Er trug einen alten braunen Lumberjack, der ihm zu eng war. Was ich hier verloren hätte. Wer ich überhaupt sei. Ich solle mich nicht von der Stelle rühren.

»Ich kann Ihnen das erklären«, sagte ich. »Das Haus gehört dem Freund der Tante eines Freundes von mir. Es ist so. Ich wollte nur schauen, ob er hier ist.«

»Es ist nicht so«, sagte er, »das Haus gehört mir. Was reden Sie für einen Scheiß!«

»Dann kennen Sie den Moritz Kaltenegger«, sagte ich. »Dann sind Sie der Freund seiner Tante.«

»Sie reden einen gehörigen Scheißdreck«, schrie er mich an. Und dass er jetzt die Polizei rufen werde. Dass er endlich das Arschloch erwischt habe, das in sein Haus einbreche. Er drückte mir den Unterarm gegen den Hals, presste mich mit seinem Gewicht an die Wand und zog sein Handy aus der Tasche. Ich wusste nichts anderes, als ihn ebenfalls anzubrüllen. Ich schrie, so laut ich konnte, stieß ihn von mir und lief um das Haus herum. Ich hörte, dass er mir nachsetzte, aber ich drehte mich nicht um. Ich kletterte über den Zaun, das Fahrrad ließ ich liegen, lief drauflos, dachte, er wird sich das Rad nehmen und mich einholen. Wenn er läuft, holt er mich nicht ein, er ist zu fett, aber mit dem Rad kommt er mir nach, er wird sich auf mich werfen und mir das Genick brechen, und merkte, dass mir die Schenkel weich wurden und wegsackten, weil meine Kraft am Ende war.

Er war mir nicht nachgelaufen und nicht nachgefahren. Er hat sein Eigentum verteidigt.

Die Ratte hat also wieder gelogen, dachte ich. Er kann nicht anders als lügen. Wahrscheinlich hatte seine Tante gar keinen Freund. Vielleicht gab's nicht einmal eine Tante. Mitten auf der Brücke blieb ich stehen, hielt mich breit fest, beugte mich über das Geländer und kämpfte um Luft.

Ich wusste nicht, ob es unter Kuppelei fiel, dass ich Madalyn den Schlüssel zu meiner Wohnung gegeben hatte. Es war nicht viel Phantasie nötig, um sich auszumalen, was Frau Reis inszenieren würde, wenn sie davon erführe. Aber ganz sicher wäre viel Phantasie nötig gewesen, ihr zu erklären, was mich dazu bewogen hatte, es doch zu tun. Ich war ein Narr. Und ich war nur ein halber Narr; die andere Hälfte, das war mir klar, musste ich nun nachliefern.

Frau Moser hat mir später vom Besuch der beiden in ihrem Geschäft erzählt. Zuerst habe sie gedacht, sie tändelten ihr etwas vor, lieferten sich einen Spaß mit ihr. »Das Mädchen sagte, sie stamme aus Deutschland, sie sei eine Geigerin und studiere hier an der Hochschule. Der junge Mann sei ein Cellist. Sie hätten gemeinsam ein Atelier gemietet. Sie tat, als wären sie musikalische Wunderkinder, die jeder kenne, und jetzt suchten sie eine passende Möblierung. Nur das Schönste käme in Frage, denn man könne keine schöne Musik in einem hässlichen Ambiente spielen, sagte das Mädchen. Er hat nicht viel gesagt.« Am Ende hat Frau Moser jedes Wort geglaubt. Sie fragte Madalyn, ob sie und ihr Freund irgendwann in Wien auftraten. Und Madalyn habe, ohne auch nur einen Augenblick zu zögern, Datum und Ort genannt.

Aber auch wenn mir Frau Moser früher von dieser Begegnung erzählt hätte, es würde nicht viel Unterschied gemacht haben. Jemand dichtet sich die Wirklichkeit zurecht – folgt daraus zwingend, dass man ihn in seiner Verzweiflung nicht ernst zu nehmen braucht? Es war sehr verständlich, dass Moritz mit der Polizei nichts zu tun haben wollte. Ich würde es ihm leider nicht ersparen können.

Und mir würde ich nicht ersparen können, nun doch bei der Wohnung direkt unter mir zu klingeln.

29

Herr Reis öffnete. Fragte gleich, ob ich wegen Madalyn komme. Er sah erschöpft aus, wesentlich älter, als ich ihn in Erinnerung hatte, weniger attraktiv. Die Haare waren heller. Nicht grau, nur heller. Ich hatte ihn nicht sofort erkannt.
»Ja«, sagte ich.
»Und warum?« fragte er, riss die Augen auf.
»Ich habe mit Madalyns Freund gesprochen.«
»Mit Madalyns Freund? Sie hat einen Freund? Woher wissen Sie das? Ich weiß es nicht. Warum wissen *Sie* das?«
»Er hat es mir gesagt.« Das war keine Lüge, nicht direkt eine. Moritz hätte es mir wohl gesagt, wenn ich so getan hätte, als wüsste ich nicht, wer er sei. Ich konnte Madalyns Vater nicht erklären, warum *mir* seine Tochter ihre Liebesgeschichte erzählt hatte und nicht *ihm*. Ich konnte es mir selber nicht erklären.
»Und warum spricht er mit Ihnen und nicht mit mir oder mit meiner Frau?«
»Das weiß ich nicht.« Hätte ich sagen sollen, weil er vermutet hatte, Madalyn sei bei mir?
»Geht er in Madalyns Schule? Warum hat er nicht mit der Polizei gesprochen? Die Polizei war in der Schule.« Hätte ich sagen sollen, weil er wegen Aufbrechens eines Zigarettenautomaten vorbestraft ist oder wie man das bei einem nicht Strafmündigen nennt?
Er bat mich herein. Seine Frau sei nicht hier, sagte er. Sie spreche mit einer Freundin von Madalyn. Madalyn hat keine Freundin, hätte ich sagen können. Ich hätte ihn auch fragen können, ob er eventuell eine Ahnung habe, warum seine Tochter nicht nach

Hause gekommen sei, ob er sich vorstellen könne, dass ihr zu Hause etwas nicht passe. Er führte mich in die Küche. Die Kästen waren geschlossen, die Spüle war leer und blankgescheuert, es roch nach nichts. In der Mitte des Tisches stand ein Glas mit Wasser – wie im Zimmer von Lodovico Settembrini in Davos. Hätte ebenso ein Trinkglas wie eine Blumenvase sein können. Herr Reis ging in Strümpfen, er fragte, ob er mir etwas anbieten könne. Auch ein Wasser, sagte ich. Er holte es aus dem Wasserhahn, behielt dabei seinen Black Berry in der Hand. Auf der Spülmaschine lag eine aufgerissene Tafel Schokolade. Ich fragte, ob ich ein Stück haben dürfe, der Zuckerspiegel sei mir abgesackt.

Ich berichtete, was mir Moritz erzählt hatte. Dass er und Madalyn im Spiel ausgemacht hätten abzuhauen. Von Afrika oder Chicago oder New York sagte ich nichts, erzählte auch nichts über russische Oligarchen und Börsenspekulationen oder Bettlerinnen, denen ein Wunder geschehen war.

»Am besten«, sagte ich, »ich gehe gleich zur Polizei und erstatte Meldung. Ich wollte nur vorher mit Ihnen und Ihrer Frau sprechen.«

Er bedankte sich, seine Augen sagten mir, dass er nicht wusste wofür. »Und es gibt nichts, was Sie wissen und was Sie mir nicht sagen wollen?«

Ich bemühte mich um einen feindseligen Ton. »Was könnte das sein?«

»Können Sie sich nicht denken, wie verzweifelt meine Frau und ich sind?«

Ich hätte mich gern aus diesem Film herausgewunden, nicht nur aus dieser Szene, gleich aus dem ganzen Film. Ich spielte besser als er, obwohl er nicht spielte und ich schon. Ich kannte mich. So herzlos, wie ich mich fühlte, war ich nicht.

Auf der Polizeiinspektion in der Schönbrunnerstraße traf ich Frau Reis. Ihr Mann hatte sie angerufen. Sie war gleich mit dem Taxi hingefahren. Sie wartete vor dem Eingang auf mich. Sie sah gefasst aus, wach, voll Energie, als wäre sie ausschließlich auf Gutes eingestellt. Sie legte ihre Arme an meine Schulterblätter und drückte mich an sich. Ihr Mann habe ihr alles erklärt, sagte sie, er wolle zu Hause bleiben, weil es sein könnte, dass Madalyn auftauche. Nämlich, um sich in die Wohnung zu schleichen, ein paar Sachen zu packen und endgültig und für immer zu verschwinden, dachte ich.

Ich gab Name, Beruf, Adresse und Telefonnummer an und erzählte dem Beamten und der Beamtin meine halben Wahrheiten, nannte Moritz Kaltenegger bei vollem Namen und sagte, er sei eine Klasse über Madalyn.

Der Beamte fragte, woher ich das alles wisse. Er saß mit halbem Hintern auf dem Resopaltisch und kratzte sich mit dem Daumen am Knie und wirkte nicht beunruhigt, aber auch nicht desinteressiert. Ich antwortete, Madalyn habe es mir erzählt. Frau Reis, anders als ihr Mann, fragte nicht, warum ihre Tochter mit mir und nicht mit ihr spreche. Sie nickte, lächelte, sah mich unaufhörlich an, während ich sprach. Als wäre sie stolz auf mich. Als wäre mit ihr abgesprochen, was ich berichtete.

Was nun folgte, habe ich nicht mitgekriegt. Die Beamtin hatte offensichtlich eine Anspielung gemacht, und Frau Reis zuckte aus. Ohne jeden Anlauf. Sie schrie so laut, dass die Beamtin einen Schritt zurückwich und ihre Hände auf dem Rücken versteckte. Dass es sich um eine Anspielung gehandelt haben musste, erschloss ich erst aus der Tirade, die jetzt losbrach.

»Dieser Mann«, schrie Frau Reis, der Tonfall war mir merkwürdig vertraut, als hätte ich nur drauf gewartet, »dieser Mann hier hat meiner Tochter, als sie fünf Jahre alt war, das Leben gerettet. Wissen Sie, wie man ein Leben rettet? Oder haben Sie nur gelernt, wie man eines auslöscht? Seither besteht eine besondere Beziehung zwischen diesem Mann und meiner Tochter. Das braucht man nicht in den Dreck zu ziehen, niemand darf das, haben Sie mich verstanden! Er ist ihr Schutzengel. Das können Sie in Ihrem phantasie- und mitleidlosen Hirn natürlich nicht verstehen. Sie sitzen hier fett herum mit ihrem Gürtel, an dem nichts mehr Platz hat vor lauter Handy, Schlagstock, Pistole und Leatherman, rühren nicht einen Finger, um meine Tochter zu finden, kränken aber den besten Freund, den sie auf der Welt hat. Kennen Sie diesen Mann überhaupt? Natürlich kennen Sie ihn nicht! Er ist einer der bedeutendsten Schriftsteller unseres Landes ...« Und so ging's weiter. Frau Reis war meine Anwältin. Sie hob mich in den Himmel, wie sie bei anderer Gelegenheit jemand anderen – ihre Tochter zum Beispiel – in die Hölle geschlagen hatte und wieder schlagen würde. Sie entschuldigte sich bei mir für das Benehmen der Polizei. Entschuldigte sich bei mir für den Zustand unserer Republik, wo sich die Justizministerin schützend vor einen notorischen Gesetzesbrecher stelle, ein vierzehnjähriger Einbrecher aber von der Polizei hinterrücks abgeknallt werden dürfe, ohne dass daraus Konsequenzen gezogen würden.

Die Beamtin hörte zu, als wäre sie auf einem Lehrgang, und zwar eine unter vielen und eine, die eher weiter hinten steht. Als wieder Ruhe war, nahm sie meine Personalien auf und sagte, ohne dass ihr die geringste Erregung anzumerken war, ich solle mich zur Verfügung halten und, wenn möglich, das Handy nicht abschalten, wenigstens in den nächsten achtundvierzig Stunden nicht.

»Wollen Sie sich nicht bei diesem Mann entschuldigen?« fauchte Frau Reis.

Die Beamtin antwortete nicht. Ihr Kollege hatte während des Wutanfalls nur beschwichtigend die Hände vor sich gehalten, gesagt hatte er nichts.

Draußen fragte Frau Reis, ob es mir recht wäre, wenn wir zu Fuß nach Hause gingen, sie müsse frische Luft schnappen. Die Wut war gelöscht. Nicht ein Wort verlor sie mehr darüber. Weiter als zehn Minuten zu Fuß war's zum Glück nicht.

Sie machte sich keine Sorgen. Sie sagte, sie mache sich welche. Aber sie machte sich keine. Sie erzählte mir, dass sie als Mädchen drei- oder viermal von zu Hause weggelaufen sei. Nicht, weil sie etwas gegen ihre Eltern gehabt habe, die seien feine Leute gewesen. Sie habe einfach nicht anders gekonnt. Als Kind habe sie manchmal Lust gehabt, sich auf den Boden zu werfen und die Erdkugel zu umarmen oder in sie hineinzuboxen. Sie sei auf dem Land aufgewachsen, am Land gebe es ausreichend Erdkugel zum Umarmen und zum Boxen. – Ich sagte übrigens kein Wort. Absichtlich nicht. Weil ich sehen wollte, ob es ihr irgendwann auffiel. Es fiel ihr nicht auf.

Als wir vor ihrer Wohnungstür standen, fragte sie, ob ich hereinkommen wolle. Sie habe ein furchtbar schlechtes Gewissen mir gegenüber. Wegen damals. Weil sie mich einfach beim Krankenhaus habe stehenlassen. Sie habe sich immer bei mir entschuldigen und bedanken wollen, habe aber gefürchtet, ich könnte sie abweisen. Und eines Tages sei es zu spät dafür gewesen. Immer wieder habe sie mit Madalyn über mich gesprochen. Madalyn habe gesagt, ich sei ihr bestimmt nicht böse, ich sei ein vornehmer Mensch. Immer wieder habe sie sich vorgenommen, mich zum Essen einzuladen. Aber erstens könne sie nicht gut kochen, das könne Madalyn viel besser, und zweitens habe sie sich nicht getraut.

»Das ist schon gut«, sagte ich. »Hoffentlich meldet sich Madalyn bald.«

Da sagte sie zu mir: »Machen Sie sich keine Sorgen.«

Ich vermutete, sie wusste, was mit Madalyn war. Ich vermutete, die beiden waren Verbündete. Gegen den, der sie nach Hongkong verschleppen wollte. Seiner Karriere zuliebe.

Mit dem ernüchternden Gefühl, aus allem rauszusein, ging ich hinauf zu meiner Wohnung.

30

Madalyn hatte ihre Mutter tatsächlich angerufen. Sie hatte gesagt, sie fühle sich so, wie sie sich damals gefühlt habe, als sie ein Kind gewesen und von zu Hause weggelaufen sei, drei- oder viermal. Auch sie habe plötzlich eine Lust, die Erdkugel zu umarmen und in sie hineinzuboxen. Sie sei bei einer Freundin, verrate aber nicht, bei welcher, morgen werde sie nach Hause kommen. – Woher ich das weiß? Madalyn selbst hat es mir erzählt.

Als ich nach Hause kam, lag sie zusammengerollt in dem grünen Lederfauteuil in der Bibliothek und schlief. Ich sagte ihren Namen, und sie erwachte.

Sie war sehr anders. Blass, übernächtig. Verquollene Augen. Ihre Haare waren wieder länger, die Locken zerzaust. Ein fassungsloser Ernst lag in ihrem Gesicht. Ich sagte, sie könne hier nicht bleiben. Ich sei gerade bei der Polizei gewesen, zusammen mit ihrer Mutter. Sie müsse auf der Stelle nach unten gehen. Auf der Stelle. Ich war nicht wütend. Aber ich versuchte, so zu erscheinen.

»Bitte, geh!« befahl ich und log gleich noch einmal: »Deine Mutter ist wahnsinnig vor Sorge.«

Da erzählte sie mir, dass sie am Nachmittag mit ihrer Mutter telefoniert habe.

»Und dein Vater?«

»Vielleicht hat sie es ihm schon gesagt, vielleicht nicht. Kommt drauf an, wie er drauf ist. Bevor sie ins Bett gehen, wird sie es ihm sagen. Sie wird so tun, als hätte ich gerade angerufen, und wird es ihm sagen.«

»Das ist verrückt«, sagte ich.

»Sie will mir das Spiel nicht verderben«, antwortete sie.

Ich war so verwirrt, dass mir die nächstliegende Frage erst jetzt einfiel: wie sie überhaupt in meine Wohnung gekommen sei. Wie? Mit meinem Ersatzschlüssel war sie reingekommen. Sie hatte mir am Ostersonntag einfach einen anderen Schlüssel auf den Küchentisch gelegt. Das sei allein ihre eigene Idee gewesen. Sie habe sich gedacht, ich würde ihn ohne Ausprobieren wieder dorthin zurücklegen, wo ich ihn hergenommen hatte. Die Schlüssel im Haus sehen ja alle gleich aus. Sie habe mir ihren eigenen Schlüssel hingelegt und zu Hause gesagt, sie habe ihn verloren. Die Mutter habe ihren Anfall gekriegt und ihr einen neuen besorgt. Und wenn ich es bemerkt hätte, hätte sie halt einfach gesagt, es sei ein Versehen. Das sei alles.

»Und warum, Madalyn?«

Sie sah mich nur an und nickte.

»Ihr wart öfter hier?«

»Ich habe Ihnen ja gesagt, Sie werden nichts merken.«

Was bin ich für ein einsamer Mensch geworden! Stehe auf die Minute genau jeden Morgen um die gleiche Zeit auf, gehe auf die Minute genau ins Kaffeehaus zum Frühstück, setze mich auf die Minute genau an den Computer, mache mir auf die Minute genau eine Kleinigkeit zu Mittag und höre das Mittagsjournal im Radio. Und am Nachmittag fahre ich mit der U4 und der U1 zum Prater, spaziere die Hauptallee hinauf und hinunter, fahre anschließend in die Innenstadt, besorge mir, was man so braucht, stöbere in Buchhandlungen und CD-Läden oder treffe mich mit Robert Lenobel oder mit Hanna oder mit wem auch immer und bin nach vier Stunden wieder zu Hause. Ein berechenbarer einsamer Mann.

»Das tut mir sehr weh«, sagte ich. »Weißt du das?«

Sie zuckte mit den Schultern, und so viel Elend stieg in ihre Augen.

»Ich bin sehr zornig«, sagte ich. Aber ich hätte sie gern an mich gedrückt und gesagt, es wird alles gut.

Denn gar nichts war gut.

31

Nichts war gut.
Ach, das mit China, das war es nicht! Daran dachte sie schon nicht mehr. Für ihre Mutter war es der Horror, ihr selbst war es inzwischen egal. Einmal, als sie in meiner Wohnung gewesen waren, war er eingeschlafen, aber sie hatte nicht schlafen können. Sein Rucksack war draußen in der Garderobe gelegen, und sie hatte sein Handy gehört, wie es ein SMS meldete. Und gleich ein zweites. Sie war aufgestanden und hinausgegangen, hatte sich neben seinen Rucksack gekniet und auf ein weiteres Signal gewartet, und auf einmal, sie wusste nicht warum, hatte sie sein Handy aus der Seitentasche gezogen und das SMS aufgerufen. Es war von Claudia. Sie hatte geschrieben, dass sie ihn liebe. Und das zweite SMS war auch von ihr. Da stand, dass die Regel gekommen sei. Was sie im ersten Augenblick nicht kapierte. Sie kapierte es, aber als sie zurück ins Zimmer ging und ihn liegen sah, eine Hand über den Augen, weil die Sonne durchs Fenster auf sein Gesicht schien, kapierte sie es wieder nicht, und sie ging noch einmal hinaus in die Garderobe und sah sich die beiden Nachrichten noch einmal an. Sie setzte sich auf die Toilette und wartete. Manchmal kam es vor, dass ein SMS verlorenging und erst nach langer Zeit wieder auftauchte. Ihr war es nie passiert, aber es kam vor. Sie wünschte sich so sehr, dass es ein technischer Fehler sei. Sie schlich abermals zu seinem Rucksack, sah nach, wann die Nachrichten abgeschickt worden waren, und sah, dass kein technischer Fehler passiert war. Sie ging ins Zimmer zurück und legte sich neben ihn. Er wachte auf und umarmte sie, und sie umarmte ihn. Er sah auf die Uhr und

sprang auf, weil die Zeit abgelaufen war. Er richtete alles her, wie es gewesen war, und sie half ihm dabei. Sie hatten es immer so gehalten, dass er mit dem Lift nach unten fuhr und sie zu Fuß ging und dass er vorne bei der Wienzeile auf sie wartete. Heute wollte sie mit ihm im Lift fahren, vier Stockwerke allein zu Fuß zu gehen, davor fürchtete sie sich. Was ihr alles durch den Kopf rasen würde, und wer sie sein würde, wenn sie unten ankam. Während sie im Lift fuhren, gab sein Handy wieder ein Signal. Er tat, als wäre nichts. Er zuckte nicht zusammen und schaute nicht irgendwie. Manchmal hatte sie ihn hinterher ein Stück begleitet, oder sie waren kreuz und quer durch den 4. Bezirk strawanzt. Meistens hatten sie sich beim Naschmarkt verabschiedet. Das war ihr am liebsten gewesen, weil sie es gern hatte, wenn sie nach den zwei, drei Stunden Stück für Stück ihren Kopf wieder zusammensetzte. Sie war eine gute Schülerin geworden, und das in nur einem Monat. Sie hatten drei Schularbeiten geschrieben, in Englisch, in Deutsch und in Französisch, und in allen drei Fächern hatte sie ein Gut geschrieben, in Englisch knapp den Einser verpasst, und in Deutsch einen Zweier nur deshalb, weil sie so viele Rechtschreibfehler und Zeichenfehler hatte, vom Inhalt her sei es die beste Arbeit in der Klasse gewesen. Weiters zwei Lernzielkontrollen in Geographie und Geschichte. Und sie hatte sich nicht großartig bemüht, das Lernen hatte wie von allein funktioniert. Sie hörte etwas und merkte es sich. Nie in ihrem Leben war sie so gern allein gewesen. Und jetzt wusste sie nicht, wie sie weitermachen sollte. Wenn er sich umdrehte und ging, wusste sie nicht, was das in ihr anstellen würde. Er würde gehen, und wenn sie ihn nicht mehr sähe, sofort das Handy anschauen. Und zurückschreiben. Sie würde ihn heute gern nach Hause begleiten, sagte sie. In der U-Bahn setzte sie sich neben ihn, damit sie ihm nicht ins Gesicht schauen musste. Sie starrte. Aber das sah er nicht. Warum sie nichts sage, fragte er. Sie hatte keine Idee, was sie hätte sagen sollen. In der Stuwerstraße fragte sie ihn, ob sie mit ihm hinaufkommen könne. Sie war nie bei ihm gewesen. Er sagte, das könne sie gern, wenn sie wolle, aber bei ihnen sei nicht aufgeräumt, ein furchtbarer Saustall, und seine Tante sei wahrscheinlich schlecht gelaunt, weil er nicht aufgeräumt habe und er eigentlich dran sei. Sie könne ihm beim Aufräumen helfen, sagte sie. Während der Fahrt war schon wieder ein SMS angekommen. Er hatte in den Rucksack gegriffen, einen kurzen Blick drauf geworfen und das Handy abgeschaltet. Dabei hatte er wieder nicht irgendwie geschaut. Es könnte sein, dachte sie, dass es Claudia immer wieder bei ihm versucht und er einfach nicht reagiert, einfach nur draufschaut, nicht antwortet und abdreht. Sie wusste ja, dass er mit ihr geschlafen hatte. Und wenn Claudia einfach behauptet hatte, die Regel sei nicht gekommen, so etwas hatte sie schon gehört. Aber sie glaubte es nicht. Sie wollte ihm wirklich helfen, sein Zimmer aufzuräumen, das wäre so vertraulich gewesen. Sie räumte gern auf. Sie hörte Musik dabei und ging nach einem genauen Plan vor. Sie könne gern mit hinaufkommen, sagte er noch einmal, er habe seiner Tante viel von ihr erzählt und dem Freund seiner Tante auch. Seine Augenlider hingen tief, als hätte er etwas getrunken. So sah er aus, wenn er ein paar Bier getrunken hatte. Aber er hatte nichts getrunken. Sie erschrak, weil sie denken musste, er nimmt mich mit hinauf, aber knapp bevor er die Tür aufsperrt, fällt ihm etwas ein, warum sie besser nicht zu ihm soll, und das wollte sie nicht riskieren, und darum sagte sie, sie wolle doch lieber gehen. Er sprach sehr ruhig. Wie er sprach, wenn er ein paar Bier getrunken hatte. Sie könne gern mit hinaufkommen, sagte er wieder, sie könne mit ihnen zu Abend essen und hinterher ein bisschen fernsehen. Seine Tante freue sich sicher, sie kennenzulernen, und der Freund seiner Tante auch. Sie ging und nahm keinen Kuss.

In der Nacht hatte sie tief geschlafen und war aufgewacht wie ein Mörder am Morgen nach der Tat. Das war ihr immer als das Schlimmste vorgekommen. Mit einem großen Schrecken war ihr etwas eingefallen: Moritz musste gemerkt haben, dass jemand die beiden SMS aufgerufen hatte. Sie natürlich! Wer sonst? Sie würde einfach alles weglügen. Sie kriegte nichts runter, ging ohne Frühstück in die Schule. Eine Mitschülerin schenkte ihr einen Schokoriegel, sonst wäre ihr schlecht geworden. Meistens stand sie in der großen Pause zusammen mit ihm bei der Rahlstiege. Sie zog an seiner Zigarette. Aber sie paffte nur. Den Zigarettengeruch mochte sie, den Geschmack nicht. Manchmal war er in der Pause nicht im Hof, dann schrieb er ihr ein SMS, er mache Hausaufgaben im voraus oder lerne in der Klasse noch schnell etwas, weil in der nächsten Stunde Prüfung sei oder etwas Ähnliches. Weil sie so eine gute Schülerin geworden war, wollte er auch ein guter Schüler werden. Das sagte er oft zu ihr. Er sagte: Du machst einen besseren Menschen aus mir. Das hatte sie gern gehört. Etwas Schöneres kann man jemandem nicht sagen. Sie versuchte sich an die zurückliegenden Tage zu erinnern. Ob irgend etwas anders war. Ihr fiel nichts ein. Wann sollte er sich mit Claudia getroffen haben? Wann, bitte? Sie meinte, es könne nur an den Abenden gewesen sein. Am Wochenende durfte sie weggehen, während der Woche nicht. Aber, dachte sie, Claudia muss doch wissen, dass ich seine Freundin bin. Jeder weiß es. Sogar seine Freunde vom Flex wissen es. Das wird sie nicht wollen, dass er zwei Freundinnen hat, sie und noch eine. Das will niemand. Und was sagt er ihr? Wann hatte sie Claudia das letzte Mal gesehen? Sie hörte sich um und erfuhr, dass Claudia gar nicht mehr an der Schule war, dass sie einfach aufgehört habe, mitten im Jahr. Warum, wusste niemand.

Sie trafen sich bald wirklich nicht mehr so oft. Sie wollte auf keinen Fall mühsam sein. Er sagte, er habe einen Stress in der Schule, in zwei Fächern stehe es ziemlich mäßig bei ihm, er müsse lernen. Dafür schrieb er mehr SMS als früher. Wenn sie zusammen waren, kam ihr vor, war es sogar schöner. Sie telefonierten nicht weniger. Diesbezüglich war kein verdächtiger Unterschied.

Aber dann sah sie ihn im Bus, und das Mädchen war eindeutig Claudia, und die beiden küssten sich eindeutig. Und es war ein richtiger Kuss, das war auch eindeutig. Und vor allem: Moritz sah sie draußen auf der Straße stehen. Er sah sie und hörte nicht mit dem Küssen auf. Da musste sie sich auf die Mauer beim Haus des

Meeres setzen und so fest weinen, dass einer der Sandler, die dort mit ihren Hunden und Bierflaschen saßen, herüberkam mitsamt seinem Hund und seiner Bierflasche und sich neben sie setzte, aber nichts sagte, und der Hund legte sich so vor sie hin, dass seine Seite ihr Bein berührte, das sei so gewesen, genau so. Sie habe nicht richtig aus den Augen schauen können vor lauter Tränen, und ihr Handy hat angezeigt, dass ein SMS angekommen war. »Jetzt weißt du es. Aber du weißt nichts.«

Sie wollte auch nichts wissen.

Er hatte eine Erklärung. Nachdem er Claudia gesagt habe, es sei Schluss, er habe eine andere, sei sie zusammengebrochen. Sie habe zu Hause im Bett gelegen und geweint, tagelang. Er sei sich vorgekommen wie ein Killer. Sie ist nicht mehr in die Schule gegangen. Ihre Eltern haben einen Arzt geholt. Der hat gesagt, sie müsse eine Therapie anfangen, dringend. Sie habe sich die Pulsader aufgeschnitten. Sie wollte nicht mehr leben. Das hat sie ihm geschrieben, und er sei zu ihr gerannt, sie war allein zu Hause, und er hat an die Tür geschlagen, bis sie ihm aufgemacht hat. Sie hatte sich einen Verband um das Handgelenk gewickelt, der war blutig, er hat sich die Wunde angesehen und ihr geholfen, sie richtig zu verbinden. Und sie hat gesagt, sie tut es wieder. Wenn er weggeht von ihr, tut sie es wieder. Er sei verzweifelt gewesen und habe schließlich gesagt, er werde zu ihr zurückkommen. Aber er habe nicht mit ihr geschlafen. Und in Wahrheit, innerlich, sei er auch nicht zu ihr zurück. Er habe das gesagt, damit sie sich beruhige. Er habe nur mit ihr geredet, und manchmal habe er sie geküsst, weil er Angst hatte, wenn er nicht einmal das tue, fange alles wieder von vorne an. Irgendwann habe sie behauptet, sie sei schwanger, einfach behauptet. Eine Lüge, eine Notlüge. Er wisse nichts mehr, überhaupt nichts mehr. Als sie ihn zusammen mit Claudia im Bus gesehen habe, sei es besonders kritisch gewesen. Er denke, dass es mit der Zeit besser wird, er will es langsam angehen, ausfaden, langsam ausfaden. Am besten wird sein, wenn er sich langweilig macht. Das sei sein Programm.

Das hatte er ihr gestern erzählt. Seither hatte sie ihn nicht mehr gesehen und nicht mehr mit ihm telefoniert. Er habe fast hundertmal bei ihr angerufen und habe ihr zwanzig SMS geschickt.

32

Ich sagte: »Madalyn, glaubst du das?«
Sie nickte heftig.
Ich sagte: »Es ist gelogen.« Ich ging vor ihr auf und ab und dozierte. »Er ist ein Lügner. Es ist alles gelogen.«
Ich sah ihn vor mir, wie er auf die Bank kippte, wie es ihn vor Heulen schüttelte und er mit den Beinen gegen mich ausschlug. Und auf einmal, noch während ich auf Madalyn einredete, dachte ich: Nein, es ist alles wahr. Er lügt gar nicht. Alle meinen, er sei ein Lügner. Aber er ist keiner. Würde ein Lügner zugeben, sich ein Gedicht erschlichen zu haben? Alle glaubten, er habe es geschrieben, sogar die in Literatur so vorzüglich bewanderte Professorin, und ausgerechnet vor dem Menschen, den er am meisten beeindrucken will, gibt er es zu? Ohne Not und nicht irgendwann, sondern bei ihrem ersten Beisammensein. Er schaut einen von der Seite an, und wenn ihn ein Blick erwischt, kann er grinsen, als wollte er sagen, du weißt es, aber sag's niemandem. Er macht sich selber zum Komplizen seines eigenen schlechten Rufs. Irgendwann ist ihm der falsche Lügner ins Gesicht hineingewachsen. Und nun sehen es alle und meinen, sie hätten den Beweis. Stimmt aber nicht? *Jetzt weißt du es. Aber du weißt nichts.* Und die haarsträubende Geschichte über seine Mutter und deren Liebhaber, die er vor Madalyn am Telefon ausgebreitet hat, nicht eine Sekunde habe ich sie geglaubt. Aber warum hätte er sie ihr erzählen sollen, wenn sie nicht wahr wäre? Was wäre für ihn dabei zu gewinnen gewesen? Eine psychologische Erklärung für seine dauernden Lügereien und damit die Lossprechung von denselben und zugleich einen Freibrief für alle

weiteren? Denkt so ein Sechzehnjähriger? So denkt ein Sechzigjähriger. Als blickte ich in einen das Bild ins Negativ verkehrenden Spiegel. Mir ist es nie schwergefallen, jemanden anzulügen. Ich bin der, dem jeder glaubt, auch wenn er lügt. Ich betrachte diese Gabe übrigens als charakterlichen Kollateralschaden meines Berufes. Er sagt die Wahrheit und ist einsamer als jeder Lügner. Und Madalyn ist die einzige, die ihm glaubt.

»Wo warst du letzte Nacht?« fragte ich.

»Bin durch die Stadt gegangen.«

»Und wo hast du geschlafen?«

»Ich habe nicht geschlafen.«

»Hast die ganze Nacht nicht geschlafen?«

»Hab ich nicht, nein.«

»Und bist einfach nur herumgegangen?«

»Zuerst habe ich mich beim Donaukanal auf eine Bank gesetzt. Aber ich habe gedacht, Mensch, er kommt zufällig vorbei, wenn er im Flex war zum Beispiel, das wäre nicht gut gewesen, und gefürchtet habe ich mich auch, weil es so dunkel war, und gefroren habe ich, weil es vom Wasser herauf so kalt war.«

»Und du warst wirklich bei niemandem?«

»Nein. Sag ich doch.«

»Und was hast du gemacht, nachdem du vom Donaukanal weg bist?«

»In die Stadt hinein bin ich gegangen.«

»Wie spät war es?«

»Eins, schätze ich. Waren eh noch viele Leute auf der Straße.«

»Man geht nicht eine ganze Nacht in der Stadt herum. Das glaube ich dir nicht.«

»Hab ich auch nicht.«

»Sondern?«

»Hab mich irgendwo hingesetzt.«

»Und wo?«

»Irgendwo halt.«

»Willst du es mir nicht sagen?«

»Beim Burgtheater.«

»Wo, bitte?«

»Beim Burgtheater auf die Stufen vor dem Eingang. Halb drei war es erst. Ich hab's gesehen auf der Rathausuhr. Weil ich mich nicht in den Rathauspark getraut habe und auch sonst in keinen Park und schon so müde war. Und von den Stufen aus habe ich alles überblicken können. Es gibt mehrere Türen, und vor die ganz links habe ich mich gesetzt. Dort sieht man einen auch nicht gleich. Geschlafen habe ich aber nicht. Ich bin mir selber über die Haare gefahren. Das habe ich gemacht. Die ganze Zeit. Und dann ist es mir zu kalt geworden, und ich bin wieder herumgegangen.«

Es klingelte an der Tür.

Madalyns Vater stand draußen. Ein über und über lachender Mann. Die Hände stützte er am Türrahmen ab, einen Fuß hatte er an die Wade des anderen Beines gelegt. Dass Madalyn bei seiner Frau angerufen habe, Gott sei Dank, das wolle er mir nur sagen, sie sei bei einer Freundin und werde morgen nach Hause kommen, Gott sei Dank.

»Gott sei Dank«, sagte ich.

Als ich zurück in die Bibliothek kam, war Madalyn nicht mehr da.

33

Sie stand auf der Dachterrasse vor meinem Arbeitszimmer. Und zwar außerhalb des Geländers. Sie drehte mir den Rücken zu. Mit den Armen hatte sie sich am Geländer hinter sich eingehakt und schaute in den Innenhof hinunter. Ich war mir nicht sicher, ob sie mich bemerkte. Aber ich wusste, was sie vorhatte.

Und so habe ich ihr eben von meinem Vater erzählt. Sie neigte ein wenig den Kopf zu mir hin. Ich sprach absichtlich leise. Ich sagte ihr auch, warum. »Ich will nicht, dass mir jemand zuhört. Ich will nicht, dass jemand etwas über meinen Vater erfährt, verstehst du. Das geht niemand etwas an. Und ich bin sehr wütend auf dich, weil ich dir diese Geschichte erzählen muss.« Sie sagte nichts dazu. Und sie drehte sich nicht nach mir um. Es wäre wohl richtig gewesen, mich von hinten an sie heranzuschleichen und sie festzuhalten. Und wenn ich sie nicht hätte halten können? Sie stand auf der äußersten Kante der Blechverkleidung, die ragte ein Stück über die Terrasse hinaus, und ich wusste nicht, wie stabil sie war. Außerdem hatte es am Nachmittag genieselt, das Blech war glatt. Ich will kein Held sein müssen. Auch wenn ich es könnte. Ich habe ihr von meinem Vater erzählt. Das habe ich schon ein paar Mal getan, wenn ich jemanden weich haben wollte. Es ist sicher niederträchtig, den Tod eines Familienmitglieds zu verwenden, um jemanden rumzukriegen. Ich habe diese erpresserische Methode bei viel kleineren Anlässen eingesetzt. Und ist gut angekommen. Er war allein, als er es getan hat. Meine Mutter hat ihn gefunden. Er lag auf der Matratze, hatte sich die Wolldecke über den Kopf gezogen, die Beine schauten unten heraus, barfüßig war er. Sogar wenn man dir hinter die Niederträchtigkeit kommt, ist der Effekt noch zufriedenstellend. Weil sich jeder scheut, vor dem Tod nicht den Hut zu ziehen, und zieht ihn gleich vor den Hinterbliebenen auch. Meine Mutter wollte ihm etwas zu essen bringen. Er nahm kaum noch etwas zu sich. Und er brauchte auch nicht mehr viel Whisky. Er hat Tabletten genommen. Ich erzählte, dass ich nach seinem Tod nach Amerika abgehauen sei. Schließlich sagte ich: »Madalyn, tu mir das nicht an. Sie werden mich bei der Polizei verhören. Hast du dir das überlegt? Ist dir das egal? Sie werden rauskriegen, dass du mit Moritz in meiner Wohnung gewesen bist. Sie werden rauskriegen, dass ich dir den Schlüssel gegeben habe. Du bist nicht volljährig. Ich habe mich wahrscheinlich strafbar gemacht. Weißt du das? Sie werden mir nicht glauben, dass du die Schlüssel ausgetauscht hast. Sie werden meinen, ich habe euch die Wohnung die ganze Zeit über zur Verfügung gestellt. Man wird mich einsperren. Man wird mich einsperren wegen fahrlässiger Tötung. Warum denkst du nicht an mich? Ich habe an dich gedacht. Du hast selber gesagt, dass ich alles gut gemacht habe. Warum machst du mir jetzt alles schlecht?« – Ich schämte mich. Für meinen weinerlichen Ton schämte ich mich. Wenn alles gut ausgeht, dachte ich, werde ich ihr nie mehr in die Augen schauen können. Wir beide werden einander nie mehr in die Augen schauen können. – »Warum hast du gerade mich ausgesucht für deine Scheiße«, fuhr ich sie an. »Ich habe dir das Leben gerettet, als du fünf warst, und jetzt machst du meines kaputt. Das ist ungerecht.«

»Warum hat es Ihr Vater getan?« fragte sie leise.

Vom Balkon aus, einen Stock tiefer, hätte man sie sehen können. Ihre Eltern waren Nichtraucher. Wäre ein typischer Raucherbalkon. Ein Aschenbecher voller regenweicher Tschiks und Streichholzschachteln mit abgebrannten Hölzchen. Und wer zieht nach ihnen ein? Leute, die sich gern den Kopf verrenken, um mit mir zu plaudern? Und was wird aus dem Tisch mit dem Venuskopf von Botticelli? Ich könnte so tun, als ob ich verrückt geworden wäre. Mir hat einmal jemand erzählt, in der U-Bahn hätten ihn in der

Nacht vier Typen zusammenhauen wollen, sie hätten ihn angerempelt und von einem zum anderen gestoßen. In seiner Angst habe er den blöden Affen gespielt, habe hysterisch das Vaterunser heruntergesabbert und das Horst-Wessel-Lied gesungen und den Hitler gegeben mit Handausstrecken und der typischen blöden tyrannischen Rederei im Kauderwelsch und habe sich am Kopf gekratzt wie ein Meschuggener und gefuchtelt. Und denen sei auf einmal die Muffe gegangen, oder sie dachten, einem Verrückten ist es eh völlig egal, wenn man ihn zusammenschlägt, und sie hatten ihn in Ruhe gelassen.

»Warum hat er es getan?« fragte sie noch einmal.

»Weil er sich sonst zu Tode gesoffen hätte, darum.«

»Ach so.«

»Er war vierundfünfzig Jahre alt. Ich habe ihn bereits um fünf Jahre überlebt.«

Wäre ich an ihrer Stelle, dachte ich, und einer würde mir mit Sentimentalitäten kommen, ich würde springen, weil ich mich für die große Menschheit schämte. Was sowieso eine gute Idee wäre. Du blöde Sau, Menschheit! Soll ich so etwas sagen? Vielleicht könnte ich sie zum Lachen bringen?

Ich wusste nichts mehr.

»Bitte, Madalyn«, sagte ich, »bitte, komm zu mir.«

Da stieg sie über das Geländer und kam zu mir. Ich legte meinen Arm um sie. Ich fragte, ob sie mit mir eine Tasse Kakao trinke. Das wolle sie gern, sagte sie. Wir stiegen über die Wendeltreppe hinunter und setzten uns in die Küche.

»Dein Haar gefällt mir sehr, wie du es jetzt hast«, sagte ich. »Steht dir sehr gut.«

»Wirklich?« fragte sie.

»Sehr. Dein Haar gefällt mir und die gelbe Distelkappe auch, die im Mond auf der grünen Spinne sitzt und über Straßennamen nachdenkt, als würden daraus Zimtsterne und weiße Raben und Glockenklänge wachsen ...« – und Madalyn nahm in selbstverständlicher Weise meinen Tonfall auf und sprach weiter – »... denn aus den Birnen im Garten werden durch gutes Zureden bekanntlich Äpfel und aus den Äpfeln Kaminkehrer und aus den Kaminkehrern Tintenfische, die man über Nacht in den Wäschetrockner legt, wo sie bis zum nächsten Morgen so viel Sauerkraut in sich hineingefressen haben, dass sie … dass sie … dass sie sich … jetzt weiß ich nicht mehr weiter. Bitte, sagen Sie es ihm«, flehte sie leise, »sagen Sie ihm, dass ich springen wollte. Und dass Sie mir schon wieder das Leben gerettet haben. Sie könnten ihn nach der Schule abpassen. Er fährt immer den gleichen Weg. Die Gumpendorferstraße vor und über den Schillerplatz zum Ring und am Ring entlang bis zur Urania und über die Brücke. Bitte, sagen Sie es ihm. Versprechen Sie es mir?«

»Ich verspreche es dir.«

Ich rief Evelyn an. Eine Viertelstunde später war sie da. Sie brachte Madalyn zu sich nach Hause und richtete ihr ein Bett auf dem Sofa. Aber in der Nacht sei sie gekommen und habe gefragt, ob sie bei ihr liegen dürfe.

34

Ich hielt es in Wien nicht aus. Ich hatte eine ruhige Zeit, konnte mich auf meine Arbeit konzentrieren. Ich war zufrieden mit meiner Arbeit (was hieß: es gelang meinem Helden, sich von seinem realen Vorbild zu emanzipieren). Aber ich hatte einen Unwillen. Alles, was mir am Frühling schön erschien, war Erinnerung an vergangene Frühlinge. So kann man an Jahreszeiten nicht herangehen. Ich besuchte öfter als früher Hanna und Robert, und ich übernachtete oft bei Evelyn. Einmal fuhren wir beide übers Wochenende nach Budapest. Vom Restaurant unseres Hotels aus beobachteten wir, wie auf der Straße zwei Männer um eine Frau stritten, nicht böse, aber mit viel Engagement. Jedenfalls interpretierten wir die Szene so. Auf der Rückfahrt im Zug rollte sich Evelyn auf die Sitzbank und legte ihren Kopf in meinen Schoß.

Ich buchte kurzfristig einen Flug nach Lissabon. Als Kind hatte ich ein halbes Jahr dort gewohnt. Ich spazierte durch Alfama, setzte mich mit meinem Notizbuch vor einem winzigen Café unter einen Baum. Ich dachte an nichts.

Im Juni übersiedelte die Familie Reis nach Hongkong. Wenige Tage vor der Abreise stand Madalyn vor meiner Tür, um mir zu sagen, ihre Eltern würden mich gern zum Abendessen einladen, ich sei schließlich der einzige im ganzen Haus, zu dem sie eine Beziehung gehabt hätten. Bei dem Wort »Beziehung« markierte sie Anführungsstriche in die Luft und zwinkerte mir zu. Ich dürfe auch gern zu zweit kommen. Sie, Madalyn, würde sich sehr freuen, wenn Evelyn mitkomme. Und nun war sie sehr ernst, und ich wusste, ihr ernstes Gesicht würde ich vermissen. Wir waren beide unsicher und hatten es schwer. Aber nach einer Weile konnten wir uns in die Augen sehen. Sie hat damit angefangen. Ich habe es ausgehalten. Ich hatte es schwer dabei. Ich wollte sie nicht hereinbitten. Ich sagte, mir wäre es lieber, wenn sie nicht erwarte, dass ich sie hereinbitte. Sie verdrehte die Augen und lächelte und formte meinen verdrehten Satz mit den Lippen nach. Dass sie aber trotzdem gern hereinkommen wolle, sagte sie.

Wie sie durch die Wohnung ging, wusste ich, dass sie lieber allein wäre. Ob sie allein sein wolle, fragte ich. Sie nickte, und ich ging.

Ich rief Evelyn vom Handy aus an. »Ich hol dich vom Museum ab«, sagte ich.

Ich wartete beim Bassin vor der Karlskirche und schaute den Möwen zu.

»Wir beide sind zum Essen eingeladen«, sagte ich und erzählte ihr, dass Madalyn in meiner Wohnung sei, um sich von ihr zu verabschieden.

Evelyn sagte nichts dazu, sagte nur, das wolle sie nicht, sie wolle nicht zu Madalyns Eltern. Das wolle sie auf gar keinen Fall.

So ging ich am Abend allein hinunter. Zur Vorspeise gab es dreierlei verschiedene Salate. Die hatte Madalyn zubereitet. Sie waren köstlich. Ich habe den Nachtisch mitgebracht, zufällig auch dreierlei – Schokoladenmousse dunkel, Schokoladenmousse weiß und ein Zitronenminzemousse. Hab ich mir in der *Cantinetta Antinori* einpacken lassen. Tun sie normalerweise nicht. Für mich gab's eine Ausnahme.

Michael Köhlmeier
Nachts um eins am Telefon
112 Seiten. Deuticke 2005

Das Telefon ist der beste Freund des Einsamen, und Telefongespräche nach Mitternacht sind Unterhaltungen mit Geistern. Der Erzähler telefoniert mit Freunden, wie dem übergewichtigen Caligula oder der schönen Jetti, seiner alten Liebe, aber auch mit Wildfremden, die er in der Republik der Schlaflosen antrifft. Aus gut zwei Dutzend Telefongesprächen setzt sich dieses Buch zusammen, aus hingebungsvoll gepflegter Paranoia, aus Großstadtneurosen, aus Erinnerungssucht und anderen Süchten.

Michael Köhlmeiers herausragende Qualität als Erzähler beruht auch darauf, daß er es versteht, sehr genau hinzuschauen, mit dem Blick von jemandem, der die Menschen liebt, weil er gar nicht anders kann, in ebenso zarter wie brutaler Genauigkeit.

»Michael Köhlmeiers neues Buch ist ein Glaubensbekenntnis: Geschichten und das Geschichtenerzählen sind ihm Lebens-, nein: Überlebensmittel – wie gut, daß davon auch die Leserinnen und Leser Stärkung erlangen!«   O. P. Zier, *Die Presse*

»Michael Köhlmeier präsentiert sich in diesem Band auf dem Höhepunkt seiner Kunst. Lyrisch, auf ihr Wesentliches verdichtet, wirken die Geschichten wie eine Flaschenpost aus dem Dunkel der Nacht.«   Klaus Kastberger, *Falter*

Michael Köhlmeier
Abendland
775 Seiten. Hanser 2007

»Michael Köhlmeiers Jahrhundertexpedition führt zu den Abgründen der Politik, den Versessenheiten und Absurditäten der Menschen und ihren Schwierigkeiten, zu leben und zu lieben. *Abendland* ist ein Roman, wie er selten geschrieben wird, tollkühn, inspirierend und fesselnd.«
Verena Auffermann, DIE ZEIT

»An *Abendland*, der geglückten Annäherung an die Great Austrian Novel, wird für längere Zeit kein Weg vorbeiführen, ist von beispielhaften Romanen österreichischen Ursprungs die Rede.«
Wolfgang Paterno, *Profil*

»Michael Köhlmeier, ein wahrer Causeur wie Fontane, spricht von kleinen und größeren Dingen, vom lächerlichen Leben eben, nicht mehr und nicht weniger, es ist Erlebtes und Gesagtes, das im Tonfall der Leut' dort genau wiedergegeben wird, und keine Konfektion. Er will sich an etwas erinnern, das ihn für eine kleine Stunde aus der Zeit hebt und ihm ans Herz greift. Genau das tun seine Geschichten für uns, und danach können wir nur noch sagen, wie der Herr Alfred, der ihm den großen Schwarzen brachte und zugehört hat: Danke.«
Ludwig Ammann, *Neue Presse*

€ 3,-
v 49